그렌델

존 가드너

그렌델

김전유경 옮김

펭귄클래식코리아

그렌델

초판 1쇄 발행 2009년 2월 27일
초판 12쇄 발행 2022년 12월 26일

지은이 | 존 가드너　옮긴이 | 김전유경

발행인 | 이재진　단행본사업본부장 | 신동해　편집장 | 김경림
마케팅 | 최혜진 이은미　홍보 | 반여진 최새롬 정지연
국제업무 | 김은정　제작 | 정석훈

브랜드 펭귄클래식코리아
주소 경기도 파주시 회동길 20 웅진씽크빅 단행본사업본부 펭귄클래식코리아
문의전화 031-956-7350(편집) 02-3670-1123(마케팅)
홈페이지 www.wjbooks.co.kr
페이스북 www.facebook.com/wjbook
포스트 post.naver.com/wj_booking

발행처 ㈜웅진씽크빅
출판신고 1980년 3월 29일 제406-2007-000046호

ⓒ 1971 Grendel by John Gardner
All rights reserved. Korean translation copyright ⓒ 2009 by Woongjin Think Big Co., Ltd. Korean translation rights arranged with Georges Borchardt, Inc. through KCC(Korea Copyright Center Inc.) This Korean edition was published by Woongjin Think Big Co., Ltd. in 2009 by arrangement with The Estate of John Gardner c/o Georges Borchardt, Inc., New York through KCC(Korea Copyright Center Inc.), Seoul. All rights reserved.
이 책의 한국어판 저작권은 케이씨씨(한국저작권센터)를 통한 Georges Borchardt, Ind. 사와 독점계약으로 ㈜웅진씽크빅이 소유합니다. 신저작권법에 의하여 한국 내에서 보호를 받는 저작물이므로 무단 전재와 복제를 금합니다.

Penguin Classics Korea is the Joint Venture with Penguin Books Ltd. arranged through Yu Ri Jang Literary Agency. Penguin and the associated logo are registered and/or unregistered trade marks of Penguin Books Limited. Used with permission.
펭귄클래식 코리아는 유리장 에이전시를 통해 펭귄북스와 제휴한 ㈜웅진씽크빅 단행본개발본부의 브랜드입니다. 펭귄 및 관련 로고는 펭귄북스의 등록 상표입니다. 허가를 받아야만 사용할 수 있습니다.

한국어 판 ⓒ 웅진씽크빅, 2009

ISBN 978-89-01-09368-0 04800
ISBN 978-89-01-08204-2 (세트)

* 잘못된 책은 바꾸어 드립니다.
* 책값은 뒤표지에 있습니다.

차례

그렌델 · 9

옮긴이의 말 · 213
옮긴이 주 · 230

일러두기
이 책에서 산돌예일체로 표기된 문장 및 단어는 원서에서 작가가 이탤릭체로 표기한 부분이다.

그리고 아기는 소년이 되어
늙은 여자에게 넘겨진다네.
그 여자는 소년을 바위에 못 박고,
소년의 비명을 황금 잔에 담는다네.

-윌리엄 블레이크

1

늙은 숫양 한 마리가 돌 비탈 아래를 굽어보며 서 있다. 미련하리만치 의기양양하다. 나는 눈을 깜빡인다. 그리고 겁에 질려 노려본다. "쉿!" 하고 쫓는 소리도 낸다.

"동굴이든 외양간이든, 네 집으로 돌아가!"

숫양은 늙고 우둔한 왕처럼 머리를 쳐들어 나와의 각도를 어림잡더니 나를 무시하기로 작정한다. 나는 발을 쿵쿵 구른다. 주먹으로 바닥을 쾅쾅 내리친다. 해골만 한 돌멩이를 던진다. 그래도 저 녀석은 꼼짝도 하지 않는다. 나는 털북숭이 주먹을 하늘로 휘두르면서 이루 말할 수 없이 무시무시한 울음소리를 내뱉는다. 그 소리에 발아래 물이 갑자기 얼어붙었고, 심지어 나조차도 불편해졌다. 하지만 놈은 그대로 있다. 봄이 성큼 다가왔다. 내 바보 같은 전쟁도 십이 년째로 접어들고 있다.

그 고통이여! 그 어리석음이여!

"그래, 좋아."

나는 한숨을 내쉬고 어깨를 으쓱하며 터벅터벅 숲으로 돌아간다.

내 머리는 저놈처럼 뿔 아래까지 완전히 틀어 막혀 있지 않다. 저 녀석은 옆구리를 벌벌 떨면서 돌멩이 같은 두 눈으로 자기가 볼 수 있는 만큼만 세상을 보고, 자기에게 다가오는 만큼만 세상을 느낀다. 눈이 녹아서 말라붙은 시냇물 바닥이 조금씩 차오르는 만큼만 자기 가슴을 채울 뿐이다. 그리고 한쪽으로 치우쳐 있는 징그러운 불알을 긁으면서 작년에, 재작년에, 재재작년에 자기를 고생시켰던 똑같은 불안으로 머리를 채우고 있다. (불안의 원인은 죄다 잊어버리고.) 저 녀석의 엉덩이는 곧 다가올 것에 올라탈 생각으로 치오른 즐겁고도 멍한 흥분에 떨고 있다. 그것이 무엇이든 — 시커먼 탑처럼 서쪽으로 말려 올라가는 폭풍이든, 썩어가는 부드러운 나무 그루터기든, 다리를 벌리고 걷는 암양이든 — 차마 눈 뜨고 볼 수가 없구나.

"왜 저런 녀석들에게는 위엄이라곤 눈곱만큼도 없는 거지?"

나는 하늘에게 묻는다. 하늘은 늘 그랬듯 아무런 대답도 하지 않는다. 나는 얼굴을 찌푸리면서 반항하듯 셋째 손가락을 들어 올리고 음탕하게 발을 살짝 찬다. 하늘은 아무런 반응 없이 나를 무시한다. 저 하늘도 싫다. 싹을 틔우고 있는 저 어리석은 나무들, 시끄럽게 짹짹거리는 저 새들도 싫다.

물론 내가 더 고상하다는 환상에 빠져 있는 것은 아니다.

나는 그늘에 웅크리고 앉아 시체 냄새를 풍기며 어린아이를 죽이고 암소를 괴롭히는 어리석고 의미 없는 괴물일 뿐이다. (나는 자랑스럽지도 부끄럽지도 않다. 이해하라. 나 또한 그저 스쳐 지나가는 계절을 곁눈질하는 우둔한 희생자일 뿐이다.)

"아, 슬픈 녀석, 불쌍한 늙은 괴물이여!"

나는 울면서 스스로를 껴안고, 짠 눈물을 찔끔거리면서 히죽 웃는다. 그러다가 숨이 차 쓰러져 흐느낀다. (이건 대부분 가식이다.)

태양은 여전히 머리 위에서 아무 생각 없이 돌고 있고, 그늘도 거기에 맞춰 길어졌다 짧아졌다 한다. 날카롭고 높은 소리로 우는 작은 새들은 알을 낳는다. 순박한 노란 색깔의 부드러운 풀이 땅을 비집고 올라온다. 죽은 자의 자식들이다. (내가 늙고 교활한 아델가르드의 머리를 찢어발긴 것도 바로 이곳, 이 눈부신 초록 풀밭에서였다. 달이 구름 사이에 묻혀 있던 밤이었다. 놀라 쩍 벌어진 크로커스 꽃의 작은 턱이 물뱀 새끼 대가리 같은 늦겨울 태양을 덥석 무는 것만 같은 바로 이곳에서, 나는 그 뻣뻣한 백발의 할망구를 죽였다. 그 할망구에게서는 오줌 맛과 비장 맛이 나서 침을 뱉을 수밖에 없었다. 노란 꽃망울의 달콤한 뿌리 덮개 같은 것들은 그늘을 찾아다니는 괴물에게, 지구의 가장자리를 어슬렁거리는 괴물에게, 세상의 괴상한 벽을 걷는 나 같은 괴물에게 진절머리 나는 기억들이다.)

"와아아!"

나는 하늘을 향해 추잡하게 인상을 찌푸리면서 성마르게 울부짖는다. 늘 그런 하늘을 슬프게 쳐다보며, 늘 그랬던 하늘을 비통하게 기억하며, 그리고 내일의 그물을 바보처럼 던지며.

"어억! 이야아!"

나는 비틀거리면서 나무를 후려갈긴다. 미치광이의 보기 흉한 아들인 나. 커다란 줄기를 가진 참나무가 아침 햇살에 노랗게 변해 나를 내려다본다.

"너한테 화낸 게 아냐."

나는 서투른 미소를 지으면서 아첨하는 듯이 모자를 들어 올리는 시늉을 했다.

물론 늘 이랬던 건 아니다. 때로는 더 나쁜 적도 있었다.

상관없다, 아무 상관없다.

빈터에 있던 암사슴이 무시무시한 내 모습에 뻣뻣하게 굳더니 이내 달리기에 능숙한 자기 다리를 기억해 내고는 부리나케 도망갔다. 나는 심술이 났다.

"저 맹목적인 편견 같으니라고!"

방금까지 암사슴이 서 있던 곳에 부서지고 있는 햇살에 대고 나는 외쳤다. 그리고 손가락을 비틀면서 우울한 표정을 지었다.

"아, 만물의 불공평함이란."

나는 머리를 흔들면서 이렇게 말한다. 사실을 말하자면 이제껏 사슴은 한 번도 죽여 본 적이 없다. 앞으로도 그럴 것이다. 반면 암소 고기는 먹을 게 많은 데다 축사에 갇혀 있기 때문에 잡기도 쉽다. 아마도 나는 별 뾰족한 이유 없이 사슴을 싫어하는지도 모른다. 그건 인간을 제외한 다른 자연물에게 내가 느끼는 반감과 비슷하다. 내 종족과 비교한다면 사슴은 사물을 섬세하게 구별할 줄 모른다. 토끼와 곰, 심지어 인간도 마찬가지다. 그게 그것들의 행복이다. 만물을 알아차리지 못한 채 그저 보기만 하는 것 말이다. 그것들은 진흙에 파묻혀 있는 게처럼 그렇게 묻혀 있을 뿐이다. 물론 인간만은 묻혀 있지 않지만. 아무튼 아직 인간에 대해서는 이야기하고 싶은 기분이 아니다.

날이 갈수록, 나이가 들수록 이 모양이다. 나는 혼잣말을 한다. 달과 별의 정확한 운행 속에 갇혀 있는 나. 나는 머리를 흔들면서 그늘진 숲길 위에서 중얼거린다. 그렇게 나는 이 세상에서 유일하게 나를 위로해 주는 친구인 나의 그림자와 대화한다. 멧돼지가 덤불에서 부스럭거린다. 갓 태어난 새가 빽빽거리면서 길 위에 떨어진다. 나는 심술궂게 웃으며 그냥 내버려 둔다. 친절한 하늘이 어느 병든 여우를 위해 선심 쓰신 게지. 나이가 들수록 이 모양이라니까. (이야기하기, 이야기하기. 나와 내가 보는 것들 사이에 언어로 된 그물 잣기, 창백한 꿈의 벽 쌓아 올리기.)

불쾌하고 소란스러운 봄이 다시 왔다. (아까 그 숫양을 보고 알아차렸다.) 내가 피운 불을 제외하고는 빛이라곤 들지 않고, 젖은 암벽 위로 명멸하는 그림자를 제외하고는 아무것도 움직이지 않는 내 지하 은신처에조차 봄기운이 느껴진다. 그곳에는 내가 쌓아놓은 뼈 무덤 위에서 황급히 꽁무니를 빼는 쥐라든지, 오래전의 기억과 악몽으로 괴로워하며 뒤척이는 내 어미의 악취 나고 살찐 몸뚱이가 있다. 내 머리 위에 있는 숲의 검고 달콤한 엉덩이 같은 흙에서 덩이줄기가 움트는 것도 가슴으로 느낄 수 있다.

나는 다시 보이지 않는 불길처럼 분노가 활활 타오르는 것을 느낀다. 마침내 내 영혼이 더는 견딜 수 없을 때, 나도 모르게 주먹을 불끈 쥐고 배를 꾸르륵거리며 피 냄새를 찾아 바람처럼 거침없이 기계적으로 지상으로 올라간다. 그리고 호숫가의 반짝이는 풀밭을 배회하는 뜨겁고 시커먼 고래수탉과 불뱀 사이로 헤엄쳐 올라 물결과 연기가 어지럽게 교차하는 수면 위로 단숨에 떠오른다. 곧이어 둑으로 기어올라 숨을 가다듬는다.

한밤중에 밖으로 나가서 기계처럼 냉담히 움직이는 별들 아래 벌거벗고 있는 것도 처음에는 괜찮다. 우주는 마치 돌이킬 수 없는 불의(不義)나 최후의 질병처럼 솟아올라, 매가 휙 지나가듯 바깥으로 펼쳐져 있다. 차가운 밤공기만이 궁극적 현실이다. 하지만 내겐 아무 상관없다. 높은 절벽에 새겨져 세계가 버려졌다는 것을 보여 주는 큰 바위얼굴만큼이나 내겐 아무 의미 없는 것이다. 나이가 들면서 모든 것이 끔찍하게 똑같다는 걸 느끼기 전까지는 유년기도 얼마간 괜찮게 느껴지는 것처럼 말이다. 나는 열기가 느껴지는 풀밭에 드러누워, 오래된 호수가 쉬쉬거리고 콸콸대며 일정한 패턴의 언어를 속삭이는 것을 듣는다. 물론 내 온전한 정신은 그 소리에 저항한다. 마침내 나는 눈 덮인 산처럼 무겁게 자리에서 일어나 내면의 벽으로, 비탈이 시작되는 곳으로, 내 영역의 가장자리로 나아간다. 나는 거센 바람을 맞으며 균형을 잡고 서서 내 악취로 밤을 검게 물들이며 까마득한 절벽 아래를 노려본다. 그리고 다시 한 번 미래의 가능성을, 내가 죽을 수도 있다는 가능성을 깨닫는다. 나는 분노로 낄낄 웃으며 숨을 들이쉰다.

"어두운 협곡이여!"

나는 절벽 가장자리에서 외친다.

"날 잡아봐라! 네 시커멓고 역겨운 낭떠러지로 나를 잡아당겨서 내 뼈를 산산조각 내봐!"

어둠 속에서 들리는 내 커다란 목소리에 나조차도 소름이 끼친다. 나는 깊이를 헤아릴 수 없는 존재의 심연에 동요되어 온몸을 떨며 서 있다. 마치 천둥소리와 함께 청중 앞에 내던져진 동물처럼.

동시에 나는 은밀한 진실을 알아차린다. 이 소란은 사실 내 비명(非鳴)에 불과하며, 모든 거대한 것들이 그러하듯 협곡 또한 살아 있지 않다. 내가 발작하는 광신도처럼 저 아래로 뛰어내리지 않는 이상 이렇게 천 년을 서 있다 해도 협곡이 나를 낚아채 가는 일은 없을 것이다.

나는 풀이 죽어 한숨을 내쉬고는 이를 간다. 그리고 재미삼아 조금 더 소리를 질러본다. 무시무시하고 터무니없는 협박, 사악하고 어두침침하며 수수께끼 같은 주술로 조금 더 장난치는 거다. 하지만 진심은 아니다.

"못 잡겠지?"

나는 기분을 잡치지 않으려고 짐짓 건들거리고는 곁눈질하면서 이렇게 말했다. 그러고 나서 신음 같은 한숨을 내쉬고, 소택지(沼澤地)와 황야와 흐로드가르 왕의 궁전으로 이어지는 절벽 아래로 조심스럽게 내려가기 시작한다. 불시에 습격하는 해적선처럼 올빼미들이 소리 없이 내 앞을 가로질러 날아다니고, 여윈 늑대들은 내 발소리에 잠이 깨 나를 황망하게 쳐다보다가 도마뱀처럼 약은 발걸음으로 살금살금 도망친다. 예전에 나는 그런 광경에 어느 정도 긍지를 느끼곤 했다. 내 모습이 어렴풋이 보일 때 올빼미들이 경계하는 모습, 저 몸집 거대한 북쪽 늑대들이 나를 보고 놀라는 모습에 말이다. 그때는 나도 아직 어렸다. 여전히 우주를 마음대로 가지고 놀 수 있던 때였으니.

나는 잔인한 욕망으로 불타오르며 어둠을 타고 내려간다. 내 머리는 내면에서 치오르는 구토에 격노한다. 멀리 떨어져 있는 사람이라도 이 메스꺼움을 똑똑히 확인할 수 있을 것이다. 나는 생명 없는 밤의 이쪽 끝에서 저쪽 끝까지 왕릉 속 보석처럼 흩뿌려진 별들을 보면서, 있지도 않은 의미심장한 패턴을 생각해 내느라 머리를 쥐어짠다. 나는 여기 절벽에서부터 멀리 몇 킬로미터까지 내다볼 수 있다. 빽빽한 숲은 내가 오는 걸 보고 갑자기 조용해진다. 움츠린 수사슴, 늑대, 고슴도치, 수퇘지가 숨 막히는 공포에 잠겨 있다. 벙어리가 되어 벌벌 떨고 있는 새들, 조용한 고목(古木)에 붙은 둔한 진흙, 층층한 비밀을 부둥켜안고 있는 굵은 가지도 일순 잠잠하다.

나는 한숨을 쉬면서 침묵에 빠진다. 그리고 바람처럼 숲을 가로지른다. 등 뒤편 세상의 끝에는 마음이 병든, 희미하게 빛을 내는 늙고 뚱뚱한 어미가 더러운 지하 동굴 속에서 잠들어 있다. 비대해져 버린 삶을 그러안고 오랫동안 좌절하고 고통스러워한 추한 노파. 어미는 기억에도 없는 어느 선조가 저질렀을지 모를 오래전의 죄악에 대해 죄의식을 느끼고 있다. (어미에게는 분명 어느 정도 인간다운 면이 있다.) 어미가 생각을 할 줄 안다는 것은 아니다. 그 비참한 삶에 내려진 무미건조하고 기계적인 저주에 대해 숙고한다거나 분석하지 않는 것은 물론이다.

어미는 잠을 자다가도 박살 내버릴 것처럼 나를 움켜쥐곤 한다. 나는 간신히 빠져나온다.

"왜 우리는 여기 있는 거예요?"

나는 어미에게 묻곤 했다.

"왜 이렇게 썩어빠진 냄새가 나는 구멍에서 견뎌야 하는 거예요?"

어미는 내 말에 부들부들 떤다. 두꺼운 입술이 바르르 떨린다.

"묻지 마라."

어미는 발톱을 꿈틀거리면서 애원한다. (어미가 말을 할 줄 안다는 것은 아니다.)

"묻지 마."

뭔가 무시무시한 비밀이 있을 거라고 나는 생각하곤 했다. 나는 어미를 쏘아볼 뿐, 언젠가 때가 되면 말해 주겠거니 생각했다. 하지만 어미는 아무것도 말해 주지 않았다. 나는 계속 기다렸다. 이건 그 늙은 용, 겨울처럼 냉정한 그놈이 사실을 말해 주기 전의 이야기다. 그놈은 친구도 아니다.

숲과 마을을 지나 흐로드가르 왕의 연회장 불빛이 보이는 곳으로 다가간다. 나는 이곳에서 낯선 존재가 아니다. 아니, 존경받는 손님이다. 십일 년이 지나 이제 십이 년째로 접어들기까지, 나는 이 깨끗하게 정돈된 중앙 언덕에 올라 아래쪽 숲에 드리우는 내 어두운 그림자를 보며 높은 참나무 현관문을 정중하게 두들겨 경첩을 산산조각 냈다. 내 인사는 동굴에서 불어오는 차가운 돌풍처럼 연회장 안쪽에 거대한 충격을 안긴다.

"그렌델이다!"

인간들은 소리를 꽥꽥 질러댄다. 나는 활짝 미소를 짓는다. 내가 존경해 마지않는 노인, 하프를 든 셰이퍼는 눈먼 장님이면서도 단숨에 뒤편 창문으로 뛰쳐나간다. 벌꿀주에 절어 있는 흐로드가르 왕의 용사들이 비틀거리면서 다가오거나, 벽에 붙은 침상에서 쿵쾅거리며 내려와서는 무거운 검을 독수리 날개인 양 빙빙 돌려 가며 말도 안 되는 허풍을 쳐댄다. 뒤쪽에 있는 침실에서 놀란 눈으로 연회장 안을 들여다보던 백발의 흐로드가르는 "아, 아, 아!" 하고 울부짖는다. 흐로드가르 뒤에서 함께 엿보던 왕비도 야단법석을 떤다. 연회장에 있던 용사들은 불을 끄고, 돌로 된 커다란 벽난로를 방패로 가린다. 나는 웃음을 터뜨리면서 그 모두를 박살 내버린다. 나도 날 어쩔 수가 없다. 아무리 어두워도 나는 모든 것을 대낮처럼 환하게 볼 수 있다. 그자들이 비명을 지르며 서로 부딪히고 난리를 피우는 와중에 나는 조용히 시체들을 챙겨 숲으로 돌아간다. 뚝뚝 떨어지는 피로 가슴 털이 흠뻑 젖을 때까지, 배가 불러 제대로 걸을 수 없을 때까지, 나는 먹다가 웃다가 또 먹기를 반복한다. 그러는 동안 언덕에서 수탉이 울고 새벽이 지붕 위로 밝아온다. 그리고 문득 다시 우울해진다.

"하나님께서 우리에게 벌을 내리신다."

그자들이 언덕 너머에서 외치는 소리가 들린다.

머리가 아파온다. 아침이 내 눈을 아프게 찌른다.

"신께서 노하셨다."

어떤 여자가 매섭게 말하는 소리가 들린다.

"쉴드와 헤오로가르와 흐로드가르[1]의 백성들이 모두 죄악에 빠졌도다!"

신맛 나는 인간 고기가 메스꺼워서 배가 요동치기 시작한다. 나는 피에 젖은 나뭇잎 위를 기어 숲 가장자리까지 간 다음, 거기에 우뚝 선다. 개들은 내 주문(呪文)에 입을 다문다. 마을 위 궁전에서는 눈먼 셰이퍼가 빈약한 가슴팍에 하프를 꽉 그러안고는, 공연히 아래를 노려본다. 그자는 정확히 내가 서 있는 곳을 보고 있다. 그뿐이다. 돼지들이 나무 울타리 기둥 아래를 아둔하게 코로 헤집는다. 구불구불한 뿔이 달린 황소가 아침 이슬과 그늘 속에서 입을 질겅질겅 놀리며 누워 있다. 동물 가죽을 걸친 마른 남자 몇몇은 궁전의 박공지붕과, 이따금 원을 그리며 날고 있는 독수리를 올려다보고 있다. 서리 앉은 수염을 한 흐로드가르는 아무 말도 하지 않는다. 그는 무너지고 실성한 모습이다. 궁전 안에는 사람들이 막대기와 돌덩이 앞에서 기도하는 소리가 들린다. 훌쩍이고 낑낑대고 중얼거리고 애걸하는 소리가. 흐로드가르는 안으로 들어가지 않는다. 그자는 자신만의 고매한 이론을 가지고 있다.

"이론이라니."

나는 피로 물든 땅에 대고 속삭인다. 용도 한때 그렇게 말했던 적이 있었다. ("그자들은 그 괴상망측한 이론을 가지고 지옥으로 가는 지도까지 그릴 수 있을걸." 녀석의 웃음소리가 기억난다.)

그러더니 신음 소리와 기도하는 소리가 멈추고, 언덕 저편에서 느린 장송곡과 함께 삽질이 시작된다. 그자들은 내가 서두르느라 두고 온 팔다리나 머리로 고분을 쌓고 화장용 장작더미를 만든다. 그러는 동안 산산이 부서진 연회장에서는 일꾼들이 출입문을 다시 달기 위해 망치질을 하고 있다. 열다섯 번째 아니면 열여섯 번째로 하는 일이다. 그들은 일개미처럼 부지런하고 어리석다. 쇠못을 몇 개 더 박는 따위의 멍청하고 사소한 변화를 주는 것 외에는, 지칠 줄도 모르고 똑같은 방식으로 작업한다.

이제 불이 붙는다. 처음에는 조그마한 도마뱀 혓바닥처럼 작게 타오르다가, 뒤엉킨 나뭇가지 둥지로 불길이 닿으면서 크게 타오른다. (덜떨어진 까마귀도 저것보다는 더 깔끔하게 둥지를 지을 수 있으리라.) 잘려 나간 다리가 부풀어 오르더니 이내 불에 타고, 다음에는 한쪽 팔, 그다음에는 다른 쪽 팔이 탄다. 붉게 타오르는 불은 이제 검게 그을린 살로 옮겨붙어 지글지글 소리를 내며 기름진 연기를 피워 올린다. 연기는 마치 전쟁놀이하는 매처럼 빙글빙글 솟아오르며, 무심히 자신을 삼키는 하늘을 향해 늑대처럼 돌진한다. 그리고 이제 인간들은 그 미치광이 같은 '이론'에 따라 황금 반지와 낡은 검, 금은을 엮어 장식한 투구를 불에 던져 넣는다. 남자고 여자고 할 것 없이 통곡하며 노래를 불러댄다. 떨리는 목소리가 마치 한 사람이 부르는 것 같다. 노래는 기름에 찌든 연기처럼 둥글게 솟아오른다. 땀에 젖은 얼굴은 마치 기쁨에 빛날 때처럼 번들거린다. 노래는 점점 더 커져서 숲과 하늘로 퍼져 나간다. 그자들은 자신들의 미친 이론에 따라 마치 승리한 것처럼 노래를 불러대고 있다. 나는 분노로 몸을 떤다. 붉은 태양이 내 눈을 어지럽히고 내장을 뒤틀어 욕지기가 나게 만든다. 불길에서 나오는 열기가 내 살갗을 태운다. 나는 움츠리면서 몸을 긁다가 집으로 질주한다.

2

 이야기하기, 이야기하기, 나를 관처럼 가두는 말(言)의 창백한 가죽을 기워 주문 짓기. 어느 누구도 이해할 수 없는 언어로 말하기. 용이 덩굴과 안개를 태워 길을 내듯 내가 기어가는 곳마다 타락한 웅얼거림을 앞에 쏟아놓기.
 어릴 때 ── 족히 천 년 전은 되는 듯한 ── 에는 아무렇게나 내키는 대로 행동하곤 했다. 아무 의미도 없이 끝없이 뛰어오르거나 자유 혹은 새로운 혼란 속에 뛰어들어, 있는 힘껏 몸부림치는 전쟁놀이를 하면서 나는 우리의 멀리 떨어진 지하 세계를 탐험했다. 보이지 않는 친구에게 은밀한 계획을 속살거리기도 하고 복수에 성공하면 큰 소리로 낄낄거리기도 했다. 그 유치한 놀이를 하면서 나는 어미의 동굴 구석구석에 있는 상어 이빨 같은 공간들과 시커먼 촉수 하나하나를 모조리 탐색했다. 그리고 모험에 모험을 거듭하여 마침내 불뱀이 있는 웅덩이에 도착했다. 나는 입을 떡 벌리고 쳐다보았다. 불뱀은 오래된 재처럼 음침했다. 얼굴도 없고 눈도 없었다. 그것들은 깨끗한 초록 불꽃을 뿜으면서 수면 위에 퍼져 있었다. 나는 그놈들이 무언가를 지키기 위해 거기 있다는 것을 알고 있었다. (나는 이미 처음부터 알고 있었던 것 같다.) 나는 그곳에 얼마간 서 있다가 어두운 통로를 뒤돌아보며 어미의 발소리에 귀를 기울이고는, 정신을 차리고 다시 물속으로 뛰어들었다. 불뱀은 내 몸에 반한 듯 흩어졌다. 그렇게 나는 물속에 잠겨 있는 문을 발견했고, 생애 처음으로 달빛을 보았다.

그날 밤에는 그다지 멀리 가지 않았다. 하지만 얼마 지나지 않아 다시 지상으로 나올 수밖에 없었다. 나는 조심스럽게 나무에서 나무로 살금살금 옮겨 걸으면서, 그렇게 무시무시한 밤의 위력에 도전하면서, 광대한 동굴 같은 지상의 세계로 나아갔다. 그리고 새벽이면 다시 집으로 도망치듯 돌아오곤 했다.

어린것들이라면 누구나 그렇듯 나 또한 그 시절에는 마법에 빠져 살았다. 늑대들과의 싸움을 준비하며 즐겁게 으르렁거리고 무엇이든 물어대는 강아지처럼 말이다. 때로 그 마법은 갑작스럽게 풀리기도 했다. 어미의 동굴 벽 혹은 통로에서 커다랗고 늙어빠진 형상들이 이글거리는 눈으로 나를 바라보고 앉아 있는 걸 눈치챘을 때 바로 그랬다. 그것들의 입에서는 계속 으르렁거리는 소리가 흘러나왔고, 등은 굽어 있었다. 그리고 나는 내 몸을 꿰뚫을 것만 같은 그 눈동자들이 사실은 내가 아닌 그 너머를 보고 있다는 것을 서서히 깨달았다. 그래서 그들은 어둠 속의 사소한 방해물인 나에 대해서는 신경 쓸 여력도 없는 듯 무관심했다.

 당시 내가 아는 한, 나를 정면으로 바라본 것은 오직 내 어미뿐이었다. 어미는 마치 거대한 괴물처럼 나를 삼켜버릴 듯 집요하게 바라보았다. 어미는 나를 사랑했다. 말을 한 적은 없었지만 나는 불가사의하게도 어미의 사랑을 이해했다. 나는 어미의 창조물이었던 것이다. 벽과 바위가 하나에서 비롯되듯 우리는 하나였다. 아니, 반드시 그럴 것이라고 나는 필사적이고 맹렬하게 확신했다. 어미의 기이한 눈빛이 내게 뜨겁게 닿을 때에는 그다지 확실해 보이지는 않았다. 나는 내가 앉은 곳, 내가 옮겨 놓은 두터운 어둠, 우리 사이에 놓여 있는 부드럽게 빛나는 먼지 더미를 강렬히 의식하고 있었다. 그리고 어미의 눈에 내가 얼마나 놀라울 만큼 낯설어 보이는지도. 나는 갑자기 외롭고 불쾌했고, 거의 (마치 나 스스로를 더럽힌 양) 음탕하게 느껴질 정도였다. 동굴로 흐르는 강물 소리가 저 아래쪽에서 들렸다. 그런 상황을 견디기에는 너무 어렸던 나는 어미에게 소리를 지르면서 덤벼들었다. 그러면 어미는 나를 두려워하면서도 (내 이빨은 톱니와도 같았다.) 손을 뻗어 내 몸을 붙들고는 다시 한 번 자기 육신의 일부로 만들려는 듯 살찌고 축 늘어진 가슴팍으로 확 끌어안았다. 그러면 나는 서서히 마음이 풀어져 또다시 유희에 몰두했다. 늙어빠진 늑대처럼 약삭빠르고 교활한 눈으로 동굴과 숲 속의 어두운 구석마다 내 모습을 투사하면서 상상 속의 친구들과 음모를 꾸미거나 함께 돌아다니곤 했다.

 그러고 나면 다시 갑자기 그것들, 무심하게 불타오르는 이

방인들의 눈동자가 거기에 있었다. 혹은 어미의 눈동자가. 그럴 때면 내 세상은 다시 갑작스럽게 굳어졌다. 못에 박혀 고정되어 있는 장미꽃처럼. 우주는 나에게서 빠져나와 온 사방으로 차갑게 돌진했다. 하지만 그때는 왜 그런지 이해하지 못했다.

그러던 어느 날 아침, 나는 두 그루 고목 사이의 좁은 틈에 발이 끼여 버렸다.

"아얏!"

나는 소리를 질렀다.

"엄마! 으아!"

그날 나는 훨씬 더 멀리 나가 있었다. 원래 새벽이면 다시 동굴로 돌아가곤 했는데 그날은 갓 태어난 송아지 냄새에 취해 더 멀리 갔던 것이다. 아, 꽃향기보다 더 달콤하고 엄마 젖 냄새만큼이나 향긋한 그 냄새. 나는 화가 나기도 하고 믿어지지도 않는 심정으로 발을 내려다보았다.

참나무 두 그루가 씹어 먹기라도 한 것처럼 내 발은 깊숙이 박혀 있었다. 다람쥐의 털가죽 먼지 같은 새카만 톱밥이 허벅지까지 묻어 있었다. 어쩌다가 그렇게 되었는지 지금은 확실히 기억나지 않는다. 아마도 나무 사이를 지나가려고 줄기를 벌렸다가 줄기가 제자리로 돌아왔을 때 바보처럼 발을 빼지 않아서 덫에 걸린 꼴이 되어버렸을 것이다. 발목과 정강이에서 피가 솟구쳤고 산 위에서 불이 피어오르듯 통증이 솟아올랐다. 나는 제정신이 아니었다. 땅이 흔들릴 정도로 큰 소리로 울부짖었다.

"엄마! 으아! 으아아!"

나는 하늘을 향해, 숲을 향해, 절벽을 향해 소리를 질러댔다. 급기야 출혈이 너무 심해 팔을 흔들 수도 없는 지경이 되었다.

"이제 죽는구나!"

나는 울부짖었다.

"불쌍한 그렌델! 불쌍한 우리 엄마!"

나는 흐느꼈다.

"나는 이제 여기 이렇게 매달려 굶어 죽는구나."

나는 혼자 외쳤다.

"아무도 나를 그리워하지 않겠지!"

이런 생각을 하니 화가 치솟았다. 나는 야유했다. 동굴 저편에서 나를 바라보던 어미의 낯선 눈빛을 생각했다. 그리고 다른 것들의 냉담하고 무심한 눈빛도 떠올렸다. 나는 공포에 몸을 떨었다. 하지만 여전히 아무도 오지 않았다.

레이스를 드리운 듯한 어린 나뭇잎 사이로 중천에 떠오른 해가 내리비쳤다. 머리가 아파왔다. 최대한 몸을 돌려 혹시 절벽에 어미의 모습이 보이진 않을까 찾아보았다. 그러나 아무것도 없었다. 아니, 어미 말고는 다 있었다. 모든 것이 나를 비웃듯 어미의 모습을 잔인하게 흉내 내고 있었다. 절벽 끝에 아슬아슬하게 매달려 있는 검은 바위, 긴 그림자를 드리운 죽은 나무, 달리는 수사슴, 동굴 입구에 이르기까지, 의미 없이 뒤범벅된 대상이었던 모든 것이 제 모습을 드러냈다. 그랬다가 다시 어미가 아닌 공허한 잡동사니의 일부로 줄어들어 녹아버렸다. 심장이 뛰기 시작했다. 우주 전체가, 심지어 태양과 하늘까지 앞으로 튀어나왔다가 다시 해체되어 가라앉는 것 같았다. 모든 것이 난파되어 부패하고 있었다. 만약 어미가 거기 있었더라면, 절벽과 빛나는 하늘과 나무와 수사슴과 폭포는 일순 어미 주위에 자리를 잡고 다시 멀쩡하게 잘 정돈될 것이었다. 하지만 어미는 없었고 아침은 나를 미치게 했다. 빛나는 초록빛이 마치 살아 있는 바늘처럼 나를 찔러댔다.

"엄마, 제발!"

나는 가슴이 찢어질 듯 흐느꼈다. 그러자 어느 순간, 구 미터쯤 떨어진 곳에 황소 한 마리가 나타났다. 그놈은 머리를 낮춘 채 나를 쳐다보고 서 있었다. 순간, 온 세상이 놈과 결탁한 것처럼 그 주위로 자리를 잡았다. 아마도 내가 갓 태어난 송아지에게 지나치게 가까이 접근했던 것 같다. 놈은 송아지를 지키러 왔을 것이다. 황소들은 제가 지키려는 송아지가 진짜 제 새끼인지 잘 알지도 못하면서 그런 짓을 하곤 한다. 그놈은 조롱하듯 내게 뿔을 흔들어 보였다. 나는 몸을 떨었다. 땅 위에 제대로 서 있다면 황소쯤이야 내겐 상대도 안 될 것이다. 최소한 나는 그놈보다 빨리 뛸 수 있을 것이다. 하지만 그때 나는 땅 위로 일 미터 이상 떠 있었고 덫에 걸려 무력한 상태였다. 그놈이 그 튼튼하고 각진 머리로 한번 치기만 해도 나는 나무에서 튕겨 나갈 것이고(아마도 내 발은 갈기갈기 찢기겠지.), 그러면 그놈은 풀밭 위에서 뿔로 나를 마음껏 찔러 죽일 것이다. 그놈은 아래에서 나를 죽일 듯이 올려다보며 발로 땅을 파고 있었다.

"저리 가!"

내가 소리쳤다.

"휘잇!"

효과가 없었다. 다시 고함을 질렀다. 하지만 놈은 들은 척도 하지 않았다. 그놈은 콧바람을 뿜으며 발로 땅을 더 깊이 팠다. 놈의 날카로운 뒷발에 풀과 검은 흙이 흩어졌다. 죽어가는 것에게는 시간이 느리게 가는 것처럼 느껴지는 법. 그놈이 체중을 앞으로 기울이면서 머리를 갸웃대고 포물선을 그리며 성큼성큼 다가오는 모습이 눈앞에 느린 속도로 펼쳐졌다. 그러더니 그놈은 거대한 어깨에 체중을 싣고 깃발처럼 휜 꼬리를 세우며 속도를 높였다. 내가 비명을 질러댔지만 그놈은 들은 척도 하지 않고 산사태처럼 달리면서, 절벽에 천둥 같은 발굽 소리를 울리며 돌진해 왔다. 그놈은 내가 꽂힌 나무를 쾅 하고 박으면서 고개를 홱 치켜들었다. 다리에서 불꽃이 확 솟았다. 놈의 뿔이 내 무릎을 찢어발긴 것이다.

첫 번째 공격이 끝났다. 그놈이 대가리로 나무를 박자 나무가 크게 요동을 쳤다. 놈은 비틀거리면서 나무를 한 바퀴 돌았다. 그러고는 머리를 한 번 흔들더니 몸을 돌려 아까 나와 대치했던 곳으로 다시 돌아갔다. 놈은 아래쪽을 들이받았다. 공포에 떨면서도 나는 그놈이 그렇게 계속 아래로 들이받을 것이라는 것을 깨달을 수 있었다. 놈은 본능으로 싸운다. 아주 오래 묵은 맹목적 습관이다. 지진이 일어나도, 독수리와 한판 붙을 때에도 그놈은 똑같이 싸울 것이다. 나는 놈의 분노가 아니라 꼬여 있는 놈의 뿔이 무서웠다. 놈이 다시 돌진해 왔을 때 나는 뿔에서 눈을 떼지 않았다. 그리고 갈라진 빙하의 틈을 뛰어넘을 때처럼 최대한 정신을 집중하여, 뿔이 닿는 순간 몸을 움츠렸다. 뿔이 휙 스쳐가면서 바람이 일었다.

나는 웃었다. 이제 발목에는 아무런 감각도 느껴지지 않았다. 다리는 엉덩이 부분까지 불이 난 것 같았다. 나는 다시 몸을 틀어 절벽을 살폈지만 여전히 어미는 없었다. 내 웃음은 격렬해졌다. 어느 순간 갑작스럽게 닥치는 환영처럼, 나는 동굴에서 나를 바라보던 그 등 굽은 형상들의 텅 빈 눈빛을 이해할 수 있었다. (유황처럼 누런 눈을 하고 이 방 저 방으로 발을 끌며 다니거나, 자신만의 신성한 어둠 속에 홀로 고립된 채 지하를 흐르는 강물처럼 낮은 소리로 끊임없이 뭔가를 웅얼거리며 앉아 있던 그들. 그들은 내 형제, 내 삼촌 들이었을까?)

나는 이 세상이 아무것도 아니라는 것을 깨달았다. 그것은 잔인하고 우발적인 적의가 무질서하게 기계적으로 섞여 있는 것에 불과했다. 우리는 바보처럼 거기에 희망과 공포를 부여한다. 동시에 나는 나 자신이 홀로 존재한다는 것을 깨달았다. 궁극적이고도 절대적으로. 내가 본 나머지 것들은 단지 나를 밀어내거나 내가 밀쳐 내는 것일 뿐이다. 내가 아닌 모든 것이 그러하듯 맹목적으로. 나는 눈을 깜빡일 때마다 우주를 만들어냈다. 그야말로 나무에서 가련히 죽어가는 추한 신이었던 것이다!

황소가 다시 나무를 들이받았다. 나는 뿔을 피해 몸을 움츠리고는 분노와 고통이 뒤섞인 고함을 질렀다. 둥지에서 고개를 쳐드는 굶주린 뱀처럼 빈터를 향해 뻗쳐 있는 그 뿔을 내

두 손으로 잡을 수만 있다면 몽둥이로 쓸 것이요, 동굴 앞에 쌓아놓는다면 방어벽이 될 것이며, 어미와 내가 잠을 자는 방에 둔다면 불쏘시개로 쓸 수 있을 것이었다. 하지만 그 순간 그것은 어디에 있었으며 무엇이 될 수 있었으랴? 죽음의 그늘? 나는 웃었다. 눈물을 흘리며 크게 웃어댔다.

황소는 계속해서 나무를 들이받았다. 때로는 들이받고 나서 드러누운 채 헐떡거렸다. 나도 내 혼란스러운 웃음에 점점 지쳐갔다. 더 이상 뿔을 피해 다리를 움직일 수도 없었다. 때로는 뿔이 다리를 찢기도 했고 때로는 빗나가기도 했다. 심지어 나는 오른쪽으로 기울어진 줄기에 들러붙어 깜빡 잠에 빠질 뻔하기도 했다. 잠을 잤는지도 모르겠다. 분명 그랬을 것이다. 상관없었다. 한낮이 되었을 즈음 눈을 떠보니 황소는 가고 없었다.

그리고 다시 잠이 들었던 것 같다. 깨어나 위를 올려다보니 나뭇잎 사이로 독수리가 보였다. 나는 무심하게 한숨을 쉬었다. 나는 고통에 익숙해지고 있었다. 그게 아니면 아픔이 조금 누그러졌던 것 같다. 어찌 됐든 그건 중요하지 않다. 나는 독수리의 시선으로 내 모습을 보려고 노력했다. 하지만 그 대신 어미의 눈을 보았다. 나를 삼켜버릴 듯한 눈. 늘 초점 없이 흐린 어미의 눈동자에 일순 내가 들어서 있었다. 그 눈이 보고 있는 것은 나 자신도 아니고, 내 커다란 털북숭이 몸도 아니고, 내 교활하고 초자연적인 정신도 아니었다. 어미의 눈에 비친 나는 결코 알 수도 없고 별로 알고 싶지도 않은 어떤 의미였다. 낯선 것, 절벽에서 떨어져 나온 바위 같은 것. 나는 다시 잠이 들었다.

  그날 밤, 나는 처음으로 인간을 보았다.

  다시 깨어나 보니 사방은 어두웠다. 아니, 정신을 차려보니 어두웠던 것 같다. 나는 단번에 무언가 잘못되었다는 것을 알아차렸다. 아무 소리도 들리지 않았기 때문이다. 심지어 개구리나 귀뚜라미 소리도 들리지 않았다. 그리고 우리가 피우는 불과는 다른 냄새가, 엉겅퀴가 타는 냄새처럼 얼얼하고 시린 냄새가 났다. 눈을 떴다. 물속처럼 모든 것이 흐릿했다. 불가사의한 동물의 눈에서 나오는 것 같은 불빛이 내 주위를 둘러싸고 있었다. 내가 쳐다보자 그것들은 흠칫 뒤로 물러섰다. 그러더니 무언가 말하는 목소리가 들렸다. 그 소리는 처음에는 낯설었지만 마음을 진정하고 집중해서 들으니 이해할 수 있었다. 그것은 내가 쓰는 언어였던 것이다. 하지만 그 말소리는 마치 부서지는 막대기나 바싹 마른 방추, 부서진 돌 조각에서 나는 소리처럼 기이하기 짝이 없었다.

  시야가 맑아지면서 나는 그들을 선명하게 볼 수 있었다. 그들은 말에 탄 채 횃불을 치켜들고 있었다. 일부는 머리가 황소의 뿔처럼 튀어나와 반짝거려 (그 당시에는 이렇게 보였다.) 보였다. 그들은 자그마했고, 죽은 것처럼 보이는 눈을 지녔으며, 얼굴은 희고 침침했다. 하지만 어떻게 보면 우리와 닮은 것 같기도 했다. 쥐새끼처럼 우스꽝스럽고 왠지 모르게 짜증 나게 만드는 점을 제외하면. 그들은 마치 논리적으로 계산한 것처럼 규칙적으로 뻣뻣하게 움직였고, 털도 없이 말라빠진 손은 찰칵이는 소리에 따라 움직였다. 내가 처음 그들을 의식하자 그들은 모두 동시에 말하기 시작했다. 나는 움직이려고 했지만 이미 온몸이 굳어 한쪽 손만, 그것도 움찔거릴 수 있을 뿐이었다. 그러자 그들은 일순 참새처럼 입을 딱 다물었다. 우리는 서로를 노려보았다.

그들 중 하나가 말했다. 길고 검은 수염을 기른, 키가 큰 자였다.

"저것은 나무와 상관없이 움직인다."

그들은 고개를 끄덕였다.

키 큰 자가 다시 말했다.

"내가 보기에 저것은 무언가에서 자라 나온 것 같다. 꼭 짐승 모양의 버섯 같구나."

그들은 모두 가지를 올려다보았다.

키가 작고 땅딸막하며 하얀 수염이 헝클어진 자가 도끼로 나무를 가리켰다.

"북쪽에 있는 가지는 모두 말라 죽었습니다. 분명 한여름이 오기 전에 나무 자체가 완전히 죽을 겁니다. 수액이 충분하지 않으면 항상 북쪽부터 시들지요."

그들은 고개를 끄덕였고, 다른 자가 말했다.

"줄기에서 자라난 걸 보십시오. 여기저기 수액 범벅입니다."

그들은 횃불을 나에게 가까이 갖다 대며 말에서 몸을 기울였다. 말의 눈이 반짝였다.

"이 나무를 살리려면 저걸 더 자세히 봐야 한다."

키 큰 자가 말했다. 다른 자들이 웅성거렸다. 키 큰 자가 불안한 표정으로 내 눈을 올려다보았다. 나는 움직일 수 없었다. 그는 말에서 내려 내 쪽으로 가까이 다가왔다. 근육을 마음대로 움직일 수만 있다면 손으로 머리를 박살 낼 수 있을 만큼 가까운 거리였다.

"이것은 피 같구나."

그는 이렇게 말하면서 얼굴을 찡그렸다.

다른 둘이 말에서 내려 가까이 다가와 쳐다보더니, 그중 하나가 말했다.

"이 나무는 죽은 것이 확실합니다."

그 키 큰 자를 제외하고는 모두 고개를 끄덕였다. 그는 말했다.

"이렇게 썩도록 내버려 둘 수는 없다. 그렇게 되면 이곳이 모두 썩어갈 거고, 결과가 어떻게 될지는 뻔하다."

그들은 고개를 끄덕였다. 다른 자들도 말에서 내려 가까이 다가왔다. 흰 수염을 기른 자가 말했다.

"이 버섯을 잘라낼 수도 있겠지요."

그들은 그 문제에 대해서 생각했다. 잠시 후 키 큰 자가 머리를 흔들었다.

"글쎄, 저건 참나무 정령일 수도 있어. 괜히 일내지 않는 게 좋겠다."

그들은 불안해 보였다. 눈이 움푹 파인 말라빠진 대머리 하나가 불구가 된 새처럼 팔을 뻗고 서 있었다. 그는 작은 원을 그리면서 변덕스럽게 왔다 갔다 하다가 몸을 굽혀서 나무와 주변 숲과 내 눈을 찬찬히 살펴보았다. 그리고 갑자기 고개를 끄덕였다.

"옳습니다! 폐하가 옳습니다! 저것은 정령입니다!"

"확실한가?"

다른 자들이 물었다. 그들은 머리를 앞으로 쑥 내밀었다.

"확실합니다."

그가 말했다.

"그렇다면 저것은 선한 정령인가?"

폐하라는 자가 물었다.

그 대머리는 손가락을 입에 대고는 나를 자세히 살펴보았다. 그는 생각을 하는 동안 마치 보이지 않는 책상에 기대고 있는 것처럼, 야윈 팔꿈치를 아래로 내리고 있었다. 그의 작고 검은 눈동자는 무언가 이야기해 주기를 기다리는 듯 나를 똑바로 바라보았다. 내 입이 조금 움직였다. 하지만 말이 나오지는 않았다. 그 땅딸막한 자는 뒤로 흠칫 물러섰다.

"저것은 배가 고픕니다!"

그가 말했다.

"배가 고프다고!"

그들이 입을 모아 말했다.

"그런데 저것은 뭘 먹지?"

그는 다시 나를 쳐다보았다. 작은 눈이 나를 꿰뚫었다. 그는 내 머릿속으로 뛰어들기라도 할 것처럼 몸을 웅크렸다. 심장이 쿵쾅거렸다. 실제로 나는 너무 굶주려서 돌도 먹을 수 있을 것 같았다. 그는 신성한 광경을 머릿속에서 본 것처럼 미소를 지었다.

"저것은 **돼지**를 먹습니다!"

그러더니 의심스러운 눈길로 다시 쳐다보았다.

"아니면 훈제한 돼지고기를 먹을지도 모르겠습니다. 아마도 과도기일 겁니다."

그들은 모두 나를 쳐다보며 생각하더니 고개를 끄덕였다.

왕이 여섯 명을 골라냈다.

"가서 돼지를 가져오너라."

"네, 폐하!"

그들은 그렇게 대답한 뒤 말을 타고 사라졌다. 나는 기쁨으로 가득 찼다. 모든 것이 미친 짓 같았지만 어쨌든 나는 기뻐서 웃었다. 그러자 그들은 소스라치게 놀라 뒤로 물러서더니 부들부들 떨면서 나를 올려다보았다.

"정령께서 화가 나셨소."

누군가 속삭였다.

"정령은 늘 그런 거요."

다른 자가 대답했다.

"그래서 나무를 죽이고 있는 게지."

"아니, 아니오. 틀렸소."

대머리가 대답했다.

"돼지라고 외치고 있는 것이오."

"돼지!" 하고 내가 외치려고 하자 그들은 깜짝 놀랐다.

그들은 모두 서로에게 소리를 지르기 시작했다. 말 한 마리가 울면서 앞다리를 들자 그들은 무슨 이유에서인지 그것을 불길한 징조로 여겼다. 왕은 옆에 서 있는 자에게서 도끼를 낚아채더니 경고도 없이 내게 마구 휘둘렀다. 나는 몸을 비틀며 신음을 내뱉었다. 도끼가 어깨를 스쳐 지나가면서 살갗을 건드렸다. 피가 흘러내렸다.

나는 "너희들은 모두 미쳤어!" 하고 외치려고 했다. 하지만 신음 소리만 새어 나왔다. 나는 어미를 찾아 울부짖었다.

"저것을 포위하라!"

왕이 소리쳤다.

"말을 지켜라!"

그러자 나는 지금 내가 상대하고 있는 것이 우둔하고 기계적인 황소가 아니라 생각하는 동물이라는 것, 일정한 패턴을 만들어내는 동물이자 이제껏 본 중 가장 위험한 동물이라는 사실을 갑작스럽게 깨달았다. 나는 비명을 질러 그자들을 쫓으려 했다. 하지만 그들은 덤불 뒤에 숨어서 말안장에 있던 긴 막대와 활, 창을 꺼내 들었다.

"미쳤어, 다들 제정신이 아니야!"

나는 계속해서 비명을 질러댔다. 그렇게까지 큰 소리로 울부짖었던 적은 처음이었다. 뜨거운 석탄 같은 화살이 다리와 팔에 꽂혔다. 나는 더 크게 울부짖었다. 그때, 이젠 끝장이구나 생각한 순간, 내 비명보다 열 배는 더 큰 비명이 절벽에서 들려왔다.

어미였다! 어미는 천둥처럼 울부짖으며 절벽을 달려 내려오고 있었다. 천 개의 태풍처럼 소리를 지르면서, 용이 뿜어내는 불처럼 눈을 번득이며 어미가 오고 있었다. 어미가 우리에게 가까이 오기도 전에 그자들은 말에 올라타 전속력으로 질주해 도망갔다. 어미는 커다란 나무들을 박살 내며 달려왔다. 땅이 흔들렸다. 은잔에 들이치는 핏물처럼 어미의 냄새가 가득 밀려왔다. 달빛 비치는 숲이 어미의 냄새로 가득 찼다. 내가 끼여 있던 나무가 쓰러졌고, 나는 자유의 몸이 되어 풀밭으로 곤두박질했다.

눈을 떠보니 동굴이었다. 따뜻한 불빛이 깜박이며 벽에 비치고 있었다. 어미는 누워서 뼈 더미를 헤집고 있었다. 내가 움직이는 소리가 들리자 어미는 이마를 찡그리며 쳐다보았다. 다른 것들은 사라지고 없었다. 나는 그때, 그것들이 인간을 피해 더 깊은 어둠 속으로 가버렸다는 것을 희미하게 깨달았던 것 같다. 나는 내게 일어났던 일 모두를, 내가 깨닫게 된 것들 모두를 어미에게 이야기하려고 했다. 세상이 얼마나 의미 없는 대상들로 가득 차 있는지를, 우주가 얼마나 잔인한지를.

어미는 내가 내는 소리에 불안한 표정으로 지켜보기만 했다. 어미는 이미 오래전에 언어를 잊어버렸다. 아니면 아예 처음부터 말을 할 줄 몰랐는지도 모른다. 나는 어미가 다른 것들에게 말을 하는 것을 들어본 적이 없다. (내가 어떻게 말을 하게 되었는지는 기억이 나지 않는다. 너무나 오래전의 일이다.) 하지만 나는 계속 이야기했다. 어미의 무의식을 둘러싸고 있는 벽을 부수고 싶었다.

"세상이 나에게 저항해요. 나도 세상에 저항해요."

나는 말했다.

"그게 다예요. 산더미같이 있는 그 모든 존재들이 내가 정의하는 것 그 이상은 아니에요."

아, 유년기의 터무니없는 어리석음이여, 터무니없는 희망이여! 나는 (동굴 속에서, 바깥에서 걸어 다닐 때, 호숫가에 앉아 있을 때) 움찔 놀라면서 다시 그때를 상기하곤 했다. 기억은 마치 나를 뒤쫓고 있었던 것처럼 솟아올랐다. 어미의 눈동자는 더 강하게 불타올랐고, 물살이 우리 사이를 갈라놓고 있는 양 내게 손을 뻗었다.

"세상은 모두 무의미한 우연일 뿐이에요."

나는 말한다. 아니, 주먹을 움켜쥐고 소리친다.

"나는 여기에 있고, 단지 그뿐이에요."

어미의 얼굴이 씰룩거린다. 어미는 마른 뼛조각을 털면서 네발로 선다. 그리고 초자연적인 힘이 어미를 일으키기라도 한 것처럼 공포에 사로잡힌 표정으로, 허공을 가로질러 황급히 달려와 뻣뻣한 털이 수북한 살진 가슴팍에 나를 묻는다.

"엄마 털은 뻣뻣해."

나는 혼잣말을 한다.

"살결은 물컹하고."

어미에게 묻혀 있으면 아무것도 볼 수 없다. 어미에게선 멧돼지와 생선 냄새가 난다.

"엄마한테 멧돼지랑 생선 냄새가 나."

나는 말한다. 나는 힘겹게 숨을 들이쉬며 생각한다. 내가 보는 모든 것들에 나는 유용성을 부여한다. 그리고 내가 보지 못하는 것 모두는 쓸모없고 공허하다. 나는 내가 보는 것을 보고 있는 나 자신을 볼 뿐이다. 그것은 나를 소스라치게 한다. "그렇다면 나는 진정으로 보는 자가 아니다!" 내겐 뭔가가 없다. 아아! 저 혼란스러운 우주와 나 사이에 그 어떤 끈도, 가느다란 실 같은 끈마저도 없다니! 지하를 흐르는 강물 소리를 듣는다. 저 강도 나는 본 적이 없다.

이야기하기, 이야기하기, 가죽 잣기, 가죽…….

숨을 쉴 수가 없다. 나는 어미 품에서 빠져나오려고 몸부림친다. 어미도 몸부림친다. 어미의 피 냄새가 난다. 동굴 벽과 바닥에서 쿵쾅거리는 소리가, 어미의 심장이 쿵쾅대는 소리가 놀란 내 귀에 들린다.

3

 내가 흐로드가르 왕에게 덤벼들었던 건 그가 휘둘렀던 도끼 때문이 아니다. 그때 일은 순전히 한밤중에 벌어진 바보짓에 불과했으니까. 나는 그 일을 잊었다. 후일 그것은 그저 어쩌다 내 앞에 쓰러진 나무나 실수로 밟은 살무사 정도로만 여겨졌다. 물론 흐로드가르는 나무나 뱀보다는 훨씬 무서운 존재였지만 말이다. 그를 천천히, 그리고 잔인하게 파멸시키겠다고 작정한 것은 내가 훨씬 더 성장하고 흐로드가르가 아주 늙어버린 때였다. 용사들이 이따금 내 발자국을 봤다고 이야기할 때 외에는 그 역시 나란 존재를 까맣게 잊고 있었을 것이다.
 흐로드가르는 무척 바빴다. 나는 숲의 가장자리에서, 대부분 가지 위에 앉아서 모든 것을 지켜보곤 했다.
 처음에는 다양한 무리들이 있었다. 걷거나 말을 타고 숲 속을 어슬렁거리는 거칠고 난잡한 자들, 조를 짜 움직이는 간교

한 도살자들. 그들은 여름이면 계절 내내 사냥을 하고, 겨울이 오면 동굴이나 작은 오두막에서 벌벌 떨며 지냈다. 때때로 고기가 필요해지면 눈을 헤치고 나와 천천히, 그리고 꼴사나운 모양새로 이곳저곳을 헤매고 다녔다. 눈썹과 수염, 속눈썹에 얼음이 맺힌 채 한 발짝 내디딜 때마다 투덜대고 끙끙대는 소리가 들려왔다. 그러다가 숲에서 다른 무리끼리 서로 마주칠 때면, 대표가 하나씩 나와서 눈이 피에 젖어 진창이 될 때까지 싸우곤 했다. 그러고는 숨을 헐떡이고 소리를 지르면서 물러난 뒤, 각자의 무리로 돌아가 무용담을 자랑스럽게 늘어놓는 것이다.

무리가 점점 더 커지면, 그들은 언덕 하나를 골라서 나무를 깨끗하게 베어버리고 통나무집을 지었다. 그리고 언덕 꼭대기에는 나뭇잎으로 뒤덮은 커다란 집을 하나 지었다. 지붕은 뾰족하고 한가운데에는 커다란 돌로 만든 벽난로가 있는 집이었다. 이들은 다른 무리들의 공격을 피하기 위해 이곳에서 밤을 지샜다. 내벽에는 아름다운 그림이 그려져 있고 장식 천이 걸려 있었고, 십자형 목재와 매가 앉는 횃대에는 두꺼비와 뱀, 용, 사슴, 암소, 돼지, 나무, 괴물 따위의 장식이 조각되었다.

봄이 오는 기운이 느껴지면 그들은 그곳에서 나와 언덕배기와 통나무집 아래에 씨를 뿌리고 돼지와 암소를 가둘 나무 울타리를 세웠다. 여자들은 밭일을 하고 젖을 짜고 가축을 기르고, 남자들은 사냥을 했다. 남자들이 해 질 녘에 집으로 돌아오면, 여자들은 남자들이 사냥해 온 것들로 요리를 했다. 남자들은 집으로 들어가 벌꿀주를 마셨다. 그리고 그들은 함께 식사를 했는데, 남자가 먼저 먹고 나서야 여자와 아이 들이 먹었다. 남자들은 계속 술을 마시며 와자하게 떠들어댔다. 다른 언덕에 있는 무리들과 어떻게 싸울지에 대한 이야기였다. 나는 어둠 속에서 몸을 웅크리고 그들이 떠드는 소리를 들었다. 눈썹을 치켜세우고, 입술을 오므리고, 목 뒤에 난 털을 돼지 털처럼 빳빳하게 세운 채.

인간 무리들은 모두 똑같은 짓을 했다. 시간이 흐르면서 나는 그들의 위협에 혐오감보다는 재미를 느끼게 되었다. 그자들이 서로에게 무슨 짓을 하는지는 전혀 중요하지 않았다. 그들의 기이한 행동(늑대조차도 다른 늑대에게 그렇게까지 악의를 품지는 않는다.)이 약간 불길하게 느껴졌지만, 설마 진지하게 하는 짓이라고는 믿어지지 않았다.

그자들은 테이블에 앉아 서로 이야기를 나누며, 허풍선이가 내뱉는 말엔 궁상맞고 교활한 쥐새끼 같은 낯짝으로 바늘같이 콕콕 트집을 잡았다. 검은 매들이 들보에서 아래를 내려다보고 있었다. 이야기하던 이들 중 하나가 사납게 위협하다가 입을 다물라치면, 다른 하나가 일어나 숫양의 뿔을 치켜 올리거나 검을 뽑았다. 때로 술이 많이 취했을 때는 이 두 가지 행동을 한꺼번에 하기도 했다. 그러면서 그는 무슨 짓이라도 저지를 듯 엄포를 놓았다. 때로는 사소한 논쟁이 일어나기도 했고 그 와중에 하나가 다른 누군가를 죽이기도 했다. 그러면 다른 사람들은 핏덩어리처럼 한데 뭉쳐 그 살인자를 어떻게 처리할 것인지 논쟁을 벌였다. 어떤 때에는 그를 용서해 주기도 했고, 그렇지 않으면 숲으로 쫓아버렸다. 추방된 자는 다친 여우처럼 경계 밖에서 먹을 것을 훔쳐 먹으면서 살았다. 나는 추방된 자와 친구가 되려고 노력한 적도 있고, 그저 무시한 적도 있다. 하지만 그들은 하나같이 나를 배신했다. 그래서 결국엔 그들을 잡아먹어야 했다.

그렇다고 해서 모든 술자리가 그런 식으로 끝났던 것은 아니었다. 보통은 모두들 자신의 대담함을 큰 소리로 자랑했고, 시간이 갈수록 밤은 더욱 시끄럽고 유쾌해졌다. 왕은 누군가를 칭찬하다가 또 다른 누군가를 비난했으며, 매질을 자초한 여자를 제외하고는 아무도 해치지 않았다. 그리고 마침내 그들은 도마뱀처럼 서로 포개져 잠이 들었다. 그러고 나면 나는 암소를 훔치곤 했다.

하지만 그들의 협박은 단순한 장난이 아니었다. 인간들의 거주지를 몰래 돌아다니는 동안, 나는 그들이 술에 취해 지껄이는 허풍 속에서 변화를 감지했다. 늦봄이었다. 음식이 넘쳐났다. 양과 염소가 새끼를 낳아 숲이 북적거렸고, 언덕배기에 뿌린 씨는 자라서 열매를 맺었다. 한 남자가 칼에 불이라도 붙은 듯 마구 휘두르며 소리를 지른다.

"그놈들의 금을 훔치고 회당을 불태우겠어!"

그러면 눈이 작은 다른 남자가 이렇게 응수하는 것이었다.

"할 테면 당장 해봐, 이 암소같이 생긴 녀석아! 제 아비만도 못한 녀석 같으니라고!"

사람들은 폭소를 터뜨렸다. 나는 어둠 속으로 다시 숨어들었다. 인간들을 염탐하고픈 나 자신의 욕망에 조금은 부아가

났다. 나는 다른 거주지로 살그머니 이동했다. 거기서도 인간들은 똑같은 행동을 했다.

그러던 어느 날 자정 즈음에, 폐허가 된 어느 회당을 발견했다. 암소들이 콧구멍에 피를 흘리며 쓰러져 있었고 목에는 창이 꽂혔던 자국이 있었다. 아무도 암소를 먹지 않았다. 회당을 지키던 개들은 머리가 잘리고 이빨이 뽑힌 채 시커멓고 축축한 돌처럼 드러누워 있었다. 폐허가 된 회당은 불에 타고 있었고, 매운 연기가 뿜어져 나오고 있었다. 안에 있는 사람들(이들도 잡아먹히지는 않았다.)도 바삭바삭 씹히는 난쟁이처럼 까맣게 타버렸고, 박공벽이 솟아 있던 곳에 구멍이 뚫려 하늘이 보였다. 나무 의자, 가대(架臺)식 식탁, 벽에 붙어 있던 침상들은 모두 시커먼 숯덩이로 변해 숲 가장자리에 흩어져 있었다. 이들이 금을 가지고 있었던 흔적은 전혀 없었다. 심지어 금을 녹인 칼자루도 없었다.

그리고 전쟁이 시작되었다. 군가도 울려 퍼지고 무기도 만들어졌다. 군가가 모두 사실이라면 (최소한 한두 곡은 사실이겠지.) 전쟁은 어디서든 항상 벌어지고 있던 것이었고, 내가 목격한 것은 그들이 서로를 완전히 피폐하게 만들고 난 전쟁의 말기였던 것이다.

나는 높은 나무 위에서 그들을 지켜보았다. 내가 앉은 가지 아래에서 새들이 노래를 불렀고, 달은 구름 요새 뒤에 얼굴을 숨기고 있었다. 봄바람에 가만히 흔들리는 나뭇잎 외에는 아무 것도 움직이지 않았다. 아래쪽 돼지우리 옆에서 도끼를 든 두 남자가 개를 앞세워 걷고 있었다. 회당 안에서는 '셰이퍼'

가 죽은 왕들의 찬란한 위업을 이야기했다. 그들이 적의 머리를 둘로 쪼갠 뒤 값나가는 칼과 목걸이를 가지고 도망쳤다는 등의 이야기였다. 셰이퍼의 하프는 칼이 부딪혀 쨍그랑거리는 소리와 기품 넘치는 영웅들의 이야기를 흉내 냈다. 이야기 너머 죽어가는 영웅의 한숨 소리까지도. 다음에 무슨 이야기를 할지 생각하느라 그가 잠시 말을 멈추면 사람들은 모두 아우성을 치고 탁자를 쿵쿵 두들기며 셰이퍼의 장수를 기원하는 건배를 했다.

 남자들은 회당의 바깥 그늘이나 딴채에 앉아 휘파람을 부르거나 콧노래를 흥얼거리며 무기를 수리했다. 그들은 회색 창(槍)에 청동 테를 두르거나 칼날에 뱀의 독액을 묻히기도 했고, 금 세공사가 도끼 손잡이를 장식하는 광경을 구경하기도 했다. (금 세공사는 존경받는 지위였다. 지금도 어느 금 세공사가 기억난다. 마르고 냉담한, 중년의 솜씨 좋은 금 세공사였다. 그는 어쩌다 "으하하!" 하고 웃음을 터뜨리는 것을 제외하고는 다른 사람들과 말을 섞는 법이 없었다.)

 갑자기 내 아래쪽에 있던 새들이 노래를 그쳤다. 회당 빈터 너머에서 말안장 가죽이 삑삑거리는 소리가 났다. 파수병과 개들이 번개에 맞은 것처럼 얼어붙었다. 이윽고 개들이 짖기 시작했고, 문이 우당탕 열리며 남자들이 미친 듯 허둥지둥 뛰쳐나왔다. 적들은 꽥꽥거리는 돼지와 암소를 내쫓고 돼지우리 울타리를 넘어 빈터로 우레처럼 몰려들어 왔다. 그리고 두 무리는 공격 태세에 들어갔다. 그들은 육 미터 정도 떨어져 서서 칼을 높이 쳐들고 서로에게 소리를 질러댄다. 양쪽 우두머리가 두 손으로 창을 높이 들고는 고함을 지르며 창을 흔든다. 나는 몇 마디만 알아들을 수 있었다. 무시무시한 위협이었다. 그들은 아버지에 대해, 아버지의 아버지에 대해, 정의와 명예와 정당한 복수에 대해 말하고 있었다. 그들은 목이 터져라 소리를 질렀고, 갓 태어난 망아지처럼 이리저리 눈을 굴렸으며, 땀이 어깨를 타고 흘러내렸다.

전투가 시작되었다. 창이 날아다니고 칼이 울렸으며, 회당의 창문과 현관문 그리고 숲 가장자리에서 화살이 비 오듯 쏟아졌다. 말은 앞다리를 쳐들고 비명을 지르다 쓰러졌고, 까마귀가 불가에 내놓은 박쥐처럼 미친 듯이 날아다녔다. 사람들은 비틀대거나, 거친 몸짓을 하거나, 말을 하거나, 죽거나, 때로는 죽은 척하거나, 몰래 달아났다. 공격자들은 때로 쫓겨 물러나고, 때로 승리하여 회당을 불태웠고, 가끔은 왕을 잡아 백성들로부터 무기와 금반지와 암소를 강탈했다.

그것은 내가 해결해 줄 수 없는 혼란이요, 공포였다. 나는 나무 위에 안전하게 숨어 있었고, 그렇게 싸우는 인간들은 나와는 아무 상관도 없었다. 물론 그자들이 나와 비슷한 언어로 말하고 있기는 했지만 말이다. 믿어지지 않게도 그것은 곧 우리가 동족임을 의미했다. 나는 그들의 소모적인 짓거리에 신물이 났다. 그들은 암소든 말이든 사람이든 닥치는 대로 죽였고, 그다음에는 썩도록 내버려 두거나 불태워버렸다. 나는 온전한 것 중에 챙길 수 있는 것이라면 모두 챙기고, 나머지는 저장해 두었다. 하지만 어미는 악취 때문에 마뜩찮은 듯 얼굴을 찌푸리며 으르렁거렸다.

싸움은 여름 내내 계속되었고, 다음 해 여름에도, 그다음 해 여름에도 계속되었다. 때로 회당이 모두 불에 타면 생존자들은 다른 회당으로 가서 손을 뻗거나, 무기 없이 낯선 언덕으로 기어 올라가 자신들을 받아달라고 애원했다. 그들은 낯선 자들에게 무기든 돼지든 가축이든 남은 것이라면 모두 갖다 바쳤고, 낯선 자들은 그 대가로 땐채를 내어 주고 못 먹는 음식이나 지푸라기를 갖다 주었다. 그렇게 해서 두 무리는 동맹을 맺었다. 하지만 이따금 이들은 무슨 이유에서인지 서로를 배신하고 뒤에서 화살을 쏘거나, 한밤중에 금붙이를 훔치거나, 상대의 아내와 딸 들을 겁탈했다.

계절이 거듭되는 동안 나는 이 모든 것을 지켜보았다. 때론 높은 절벽에 올라 그것들을 바라보기도 했다. 그곳은 수많은 언덕 위 곳곳에 자리한 회당들에서 새어 나온 불빛들이, 촛불처럼 반짝이고 별빛처럼 부서지는 모습을 다 내려다볼 수 있는 장소였다. 운이 좋으면 어느 상쾌한 여름밤에 회당 세 채가 동시에 불타 무너져 내리는 것을 볼 수도 있었다. 물론 흔한 일은 아니었다. 그들의 전쟁 방식이 달라지면서 그런 일은 점점 드물어졌고, 초기에는 다른 자들보다 그다지 강하지 않았던 흐로드가르가 점차 나머지 세력을 복속시키기 시작했다. 그는 싸움이 무엇을 위한 것인지에 대한 이론을 만들어냈고, 주변의 여섯 개 세력들과는 전쟁을 하지 않기로 했다. 이웃 세력들에게 조직의 힘을 보여 주는 것이었다. 그래서 전쟁을 하는 대신 대략 세 달에 한 번쯤 사람을 시켜 대형 마차와 짐 가방 들을 보내서 공물을 걷어 오게 했다. 그들은 흐로드가르의 마차에 금과 가죽과 무기를 가득 실어 주었고, 흐로드가르의 사자(使者)에게 무릎을 꿇고 앉아, 감히 흐로드가르를 공격하는 무법자에 맞서 그를 지키겠노라 약속했다. 흐로드가르의 사자는 자신이 방금 재물을 강탈한 그 사람에게 우호적인 말과 칭찬으로 화답하고는 황소를 채찍질해 무거운 짐을 실은 뒤 집으로 향했다.

힘든 여행이었다. 길고 부드러운 초원의 풀이 무거운 마차 바퀴와 황소 발굽에 엉겨 붙었다. 이제껏 바람만이 씨를 뿌리고 거두었을 기름진 흑토에 마차 바퀴가 빠졌다. 황소는 버둥거리며 눈알을 굴리고 괴성을 지르고 인간들은 욕을 퍼부었다. 그들은 긴 참나무 막대기로 바퀴를 떠밀었고, 황소의 등에 피가 맺히고 코에서 붉은 거품이 흘러나올 때까지 채찍질을 해댔다. 때로 황소 한 마리가 높이 뛰어올라 대열에서 이탈하여 숲으로 뛰어들기도 했다. 그러면 말을 탄 남자가 뒤엉킨 개암나무와 산사나무 가지를 자르고 가지에 베여 가며 그 뒤를 뒤쫓았다. 말은 가시에 찔려 뒷걸음질했다. 결국 도망간 황소를 잡으면 화살을 엄청나게 쏘아 죽인 다음 늑대가 먹게 버려두었다. 황소를 잡고 나서 그냥 거기에 주저앉아 황소의 아둔하고도 침울한 눈을 바라보며 흐느껴 울 때도 있었다. 어쩔 땐 말이 허리까지 진창에 빠져 죽음을 기다리듯 머리를 흔들며 멍하니 서 있기도 했다. 그러면 사람들은 말에 대고 고함을 지르며 채찍을 휘두르거나 돌을 던지거나 무거운 나뭇가지로 흠씬 두들겨 팼다. 그러다 그들 중 하나가 이성을 찾고 다른 사람들을 진정시킨 다음, 밧줄과 마차 바퀴를 이용해 말을 건

져내려고 했고, 그렇게 해도 소용이 없으면 일단 안장과 재갈, 곱게 치장된 마구를 벗겨 낸 다음 결국엔 그냥 버리고 가거나 죽였다. 이따금 마차가 진창에 빠져 도저히 손쓸 수 없는 상황이 되면 사람들은 걸어서 흐로드가르의 회당으로 가 도움을 요청했다. 하지만 그들이 돌아와 보면 마차에 있던 귀금속은 이미 사라졌고 마차는 불에 타버렸으며 황소와 말은 죽어 있는 것이다. 흐로드가르 부족 사람의 짓이거나, 그게 아니라면 다른 부족의 짓이었다.

흐로드가르는 며칠 밤낮 동안 계속 회의를 열었다. 그들은 술을 마시고 이야기를 하며 이상하게 생긴 조각상에 기도를 하더니 마침내 결정을 내렸다. 그들은 길을 만들었다. 그리고 지금까지 공물을 바쳤던 왕들에게 이제는 사람을 바치라고 요구했다. 흐로드가르는 그들과 함께 개미처럼 짐을 지고 길게 행진했다. 그들은 늪과 황무지, 숲을 지나면서 평평한 바위를 깔아 완만한 대지와 목초지를 만들었고, 그보다 더 작은 돌들은 바위 주변에 쌓아놓았다. 절벽 아래로 내려다보니 흐로드가르의 왕국은 비뚤고 한쪽으로 기울어진, 돌 바퀴살이 달린 마차 바퀴 같았다.

그래서 이제는 흐로드가르와 친선을 맺은 왕국에 적들이 공격해 오면 사자(使者)가 그곳을 빠져나와 밤새 흐로드가르의 회당을 향해 말을 달렸다. 적들과 대치하면서 소리를 지르고 창을 흔들며 무시무시한 말을 내뱉고 있으면, 사자가 간 지 삼십 분도 채 되기 전에 흐로드가르 군대의 말발굽 소리가 숲 전체를 흔들었다. 그렇게 흐로드가르는 적들을 물리쳤다. 그의 군대는 점점 더 커졌고, 흐로드가르가 고마움의 표시로 하사한 보물들 덕에 용사들은 거대한 말벌처럼 화려해져 갔다.

새로운 길이 계속 뻗어 나갔고 새로운 회당들이 공물을 바쳐왔다. 흐로드가르의 보물 창고는 점점 더 커져서, 이제 회당에는 밝게 채색된 방패와 장식된 칼, 돼지머리 모양의 헬멧, 금고리 들이 들보까지 꽉 찼다. 그들은 회당을 두고 딴채에서 잠을 자야 했다. 그러는 사이 흐로드가르에게 공물을 바쳐왔던 무리들은 그에게 금을 바치기 위해 더 멀리 있는 회당들을 정복했고, 자신들을 위해서 그 옆의 작은 무리를 공격했다.

흐로드가르의 세력은 내가 있는 절벽 기슭에서부터 북쪽 바다까지, 서쪽과 동쪽의 빽빽한 숲까지 급속하게 확장되어 갔다. 그들은 중앙 회당 주변 나무를 베어내 큰 원 모양으로 만들고 농가와 돼지우리를 들어서게 했다. 그래서 숲은 마치 옴에 걸려 죽어가는 늙은 개처럼 보였다. 그들 때문에 사냥감이 점점 줄었다. 그들은 재미 삼아 새를 죽이고, 실수로 불을 질렀다. 그 불은 며칠 동안이나 꺼지지 않았다. 그들이 키우는 양은 울타리를 부수고 계곡을 헐벗게 만들었으며, 돼지들은 이제 막 돋아나는 식물의 뿌리까지 마구잡이로 파헤쳤다.

흐로드가르의 부족은 배를 만들어 북쪽과 서쪽으로, 더 멀리까지 탐험을 나갔다. 인간의 진출을 막을 수 있는 것은 없었다. 거대한 수퇘지들은 마구가 짤랑거리는 소리만 들어도 줄행랑을 쳤다. 늑대도 인간이 풍기는 죽음의 냄새를 맡으면 여우처럼 굴에 숨어 웅크렸다. 내 마음은 말로 표현할 수 없는, 막연하게 살기를 띤 불안감으로 가득 찼다.

어느 날 밤, 한 눈먼 남자가 흐로드가르의 임시 회당에 나타났다. 그는 하프를 가지고 있었다. 그 언덕에는 나무라곤 없었기 때문에, 나는 외양간 그늘에 숨어서 지켜보았다. 현관을 지키던 파수병들이 도끼를 교차시켜 그를 막았다. 그는 전령이 안으로 들어가 보고하는 동안 바보처럼 웃으면서 기다렸다. 몇 분 후 사자가 돌아와 그 늙은 남자에게 투덜거렸다. 아마도 여전히 바보 같은 미소를 짓고 있는 그의 굽은 맨발을 보면서, 그를 어떤 기이하고도 경건한 체하는 춤이나 추는 작자겠거니 생각했을지도 모른다. 눈먼 남자는 안으로 들어갔다. 그러자 한 소년이 언덕 기슭의 잡초 무성한 곳에서 나와 쏜살같이 위로 올라왔다. 늙은이의 동행이었다. 소년도 안으로 들어갔다.

회당은 조용했다. 잠시 후 흐로드가르가 낮고 진중한 목소리로 이야기하기 시작했다. 아마도 한밤중에 기습 공격을 하면서 소리를 너무 많이 질러댄 탓에 목소리가 변한 것일 게다. 하프 연주자가 무어라 대답하자, 흐로드가르가 이어서 이야기했다. 나는 회당을 지키는 개를 흘긋 쳐다보았다. 그것들은 여전히 나의 마술에 사로잡힌 채 나무 그루터기처럼 멀거니 서 있었다. 나는 무슨 이야기인지 듣기 위해 더 가까이 기어갔다. 사람들은 잠시 동안 늙은이에게 소리를 질러대며 야단법석을 떨었다. 그에게 벌꿀주를 주고 농담을 건네는 것이었다. 그때, 흰 수염을 기른 흐로드가르 왕이 다시 무어라 이야기를 했다. 연회장이 잠잠해졌다.

침묵은 계속되었다. 사람들은 기침을 했다. 그러자 마치 저 혼자 내는 것인 양, 하프에서 기이한 소리가 흘러나왔다. 거의 사람의 말에 가까운 소리였다. 잠시 후 속이 텅 빈 나무에서 울리는 듯한 목소리로 늙은이가 노래를 부르기 시작했다.

> 보라,
> 위대한 옛 덴마크인과 왕 들이 이룩한 찬란한 위업을,
> 그 용맹한 군주들이 어떻게 영광을 이루셨는지
> 우리는 들었노라.
> 쉴드 쉐빙께서는 동족 약탈자들의 세력을 박살 내셨고
> 그들을 회당 의자에서 끌어내리셨고
> 우두머리를 벌벌 떨게 하셨노라.
> 그분께서는 처음에 난파된 상태로 발견되셨노라.
> (그에 대한 보상은 충분히 받으셨지!)
> 그분께서는 구름 아래에서 성장하셨고,
> 적들이 바닷길을 건너와 그분을 둘러싸고
> 그분의 말씀을 듣고 공물을 바쳤노라.
> 그분께서는 인간의 영광을 얻으셨노라.
> 과연 훌륭한 왕이셨도다!

그는 이렇게 옛 노래 중 일부를 밧줄 꼬듯 짜 맞춰 노래했다. 아니, 하프 소리에 맞춰 가락으로 읊었다. 사람들은 숨을 죽였다. 주변의 언덕들조차 지시를 받은 것처럼 숨을 죽였다. 그는 자신의 훌륭한 기술을 잘 알고 있었다. 그는 참나무에 핀 이끼 같은 수염을 하고, 바람에서 영감을 얻으며, 하프 줄을

뜯는 셰이퍼 중의 왕이었던 것이다. 그는 그렇게 눈먼 자들의 좁은 골목 같은 시공간에서 나와, 황무지를 지나 흐로드가르의 유명한 회당으로 온 것이다. 그는 흐로드가르 왕가의 영광을 노래하고, 자신의 지혜를 치장하며, 그 대가로 사람들에게 더욱 용맹한 행동을 하라고 부추길 것이다.

그는 오랫동안 다스리는 자가 없었던 덴마크인의 왕국을 쉴드 쉐빙이 잿더미 속에서 어떤 식으로 훌륭하게 재건했는지, 그러고는 어떻게 모든 무리들을 복속시켰는지, 또 쉐빙의 아들은 어떻게 쉐빙의 세력을 더욱 현명하게 확장해 갔는지를 이야기했다. 그 아들이라는 자는 욕정에서 사랑까지 인간의 욕망을 속속들이 잘 알고 있었고, 그것을 이용하여 사슬로 잠긴 강철 주먹 같은 거대한 권력을 쟁취해 냈다고 한다. 그는 전쟁과 결혼에 대해, 장례와 교수형에 대해, 패배한 적들의 흐느낌에 대해, 화려한 사냥과 풍성한 수확에 대해 노래했다. 그리고 서리가 앉은 듯 하얗게 머리가 센 흐로드가르 왕의 숭고한 정신에 대해 노래했다.

노래가 끝나자 연회장은 무덤처럼 조용해졌다. 문에 귀를 바짝 대고 있던 나도 숨을 죽였다. 심지어 내게도 그가 이야기한 모든 것이 진실하고 고귀하게 들렸다. 이윽고 조금씩, 점점 더 크게 환호성이 일기 시작했다. 낮게 감탄사를 내뱉던 목소리들이 이제 커다란 환호성으로 변했고, 모두들 그의 예술에 열광하여 박수를 치고 발로 바닥을 쿵쿵 울렸다. 그들은 흐로드가르의 이름으로 온 바다를, 먼 별을, 깊고 은밀한 강물을 손에 넣을 것이다! 남자들은 어린애처럼 눈물을 흘렸다. 아이들은 멍하게 앉아 있었다. 사람들의 환호는 끝없이 계속되었다. 보이지 않게 타오르는 거대한 불꽃이었다.

오직 한 남자만이 풀이 죽어 있었다. 그는 이 눈먼 자가 와서 좌중을 장악하기 전까지 흐로드가르의 하프 연주자였던 사람이었다. 그는 어둠 속으로 남몰래 사라졌다. 그리고 자신의 소중하고 낡은 악기를 팔로 감싸고 벌판과 숲을 지나 다른 약탈자의 회당으로 도피했다. 나 또한 숭고하고 찬란하게 울려 퍼지는 노래에 젖어 그곳을 빠져나왔다. 하지만 그 노래는 모두 거짓일 것이다.

그는 대체 무엇이었을까? 그자는 세상을 바꿔놓았고, 과거를 그 두껍고도 비틀어진 뿌리까지 송두리째 들어내어 변화시켰다. 그리고 진실을 아는 자들은 그것이 그자의 방식이라는 것을 기억하고 있었다. 나도 그랬다.

나는 기이한 공포에 빠져 반쯤 미친 것처럼 황무지를 건넜다. 나는 진리를 알고 있었다. 늦봄이었다. 양과 염소는 새끼를 낳았다. 한 남자가 "그놈들의 금을 훔치고 회당을 불태우겠어!" 하고 말했고, 다른 남자가 "할 테면 당장 해봐!" 하고 소리쳤다. 나는 누더기를 입고 추위에 낑낑거리며 눈이 피에 젖어 진창이 될 때까지 싸우던 남자들을 기억했다. 그들의 비명도, 불타던 짐승도, 늪에 빠져 피투성이가 되도록 채찍질 당하던 황소도, 싸움 뒤에 남은 잔해, 갈기갈기 찢긴 늑대와 피로 범벅이 된 매도 기억했다. 또한 나는 지금은 흔적도 남지 않은 어느 왕국을 세웠다는 위대한 왕 쉴드와 그의 선견지명 있는 아들도 기억했다. 그의 아들은 그 또한 지금은 사라지고 없지만 아비의 것보다 더 큰 왕국을 만들었다고 했다. 머리 위 별들은 흐로드가르의 광대한 세력을, 그의 우주적인 평온을 약속하는 듯 반짝거리고 있었다. 도끼로 남김없이 베어버려 나무 한 그루 남지 않은 황야는 달에 비쳐 은빛으로 반짝거렸다. 농부들의 오두막에서 새어 나오는 노란 불빛은 흐로드가르의 까마귀처럼 검은 옷에 자잘하게 박힌 보석처럼 빛나고 있었다. 내 마음은 슬픔으로 나약해져, 돼지 한 마리도 훔치고 싶지 않았다.

우스꽝스러운 털북숭이 동물인 나는 시(詩)에 갈가리 찢겨버린 마음을 안고 달아났다. 벌벌 기고 흐느끼고 눈물을 쏟아내면서 마치 머리가 두 개 달린 타계(他界)의 짐승처럼, 히스테릭한 어미 양의 꼬리에 매달려 허우적대는 새끼 양처럼 그렇게. 그리고 나는 이를 갈면서 쪼개진 머리를 붙이려는 듯 두 손으로 머리를 꽉 쥐었다. 하지만 쪼개진 머리는 하나가 되지 않았다.

한때 덴마크인들을 다스렸던 쉴드족이 있었다. 그리고 다른 사람들이 그 뒤를 이어 그들을 다스렸다. 이것은 정확한 말이다. 그러면 나머지 세상은?

나는 절벽 꼭대기에서 몸을 돌려 아래를 내려다보았다. 흐로드가르의 왕국과 그 너머에서 빛나는 불빛이 모두 보였다. 그 너머도 곧 흐로드가르의 것이 될 것이다. 나는 머리를 맑게 하려고 한껏 바람을 들이마시고는 소리를 질렀다. 그 격렬한 소리는 세상 끝까지 퍼졌다가, 잠시 후 천 마리의 쥐가 고통으로 꽥꽥거리는 것처럼 (하프의 한숨 소리에 비하면 거칠고도 사악한 소리이다.) 돌아왔다.

"헛되다!"

나는 손바닥으로 귀를 막고는 입을 한껏 벌리고 다시 고함을 질렀다. 진리에 일격을 가하기, 종말론적 환희를 낚아채기. 그러고는 쿵쾅거리는 가슴을 안고 네발로 뛰어 안개 자욱한 호수로 돌아갔다.

4

 지금 그는 더 엄숙한 노래를 부르고 있다. 마음의 현을 퉁기는 늙은 악사, 기억을 긁어모으는 자. 왕들 중 가장 부유한 왕 흐로드가르는 흩어져 있는 무사들의 뼈를 보면서 고통스러워하고 있다. 늦은 오후가 되자 불은 잦아들고, 피어오르는 연기 기둥은 기름기 없이 하얗기만 하다. 이렇게 죽어가는 자들은 올해 또 생겨날 것이다. 그들도 알고 있다. 하지만 그들은 전쟁을 질질 끄는 중이다. 태양은 게걸음 치듯 세상에서 물러간다. 낮은 점점 더 짧아지고, 밤은 점점 더 길고 어둡고 위험해진다. 나는 짙어가는 황혼 속에서 분노하며 차갑게 웃는다. 나는 최고로 거대한 회당들을 경이롭게 바라본다. 하지만 보는 것만으로 만족이 되지 않는다.
 셰이퍼의 긍지. 왕국의 횃불. 수사슴.
 셰이퍼는 노래할 수 있는 더 훌륭한 회당이 많아졌는데도 그대로 머물러 있다. 창조자의 긍지인가. 그는 이곳을 노래의 힘으로 쌓아 올렸다. 별것 아닌 말들로 그 장엄한 도덕성과 필멸성을 창조했다. 키가 크고 엄숙한 표정을 한 소년도 여전히 그를 따른다. 돌처럼 굳어버린 눈을 가진 스승을 따라 이곳에 기어들어 온 밤으로부터 십이 년이나 지났다. 그는 예술이 아니라 비극만을 알며 사람들을 슬픔에 잠기게 하는 가수이다. 그 비극은 온전히 나 때문이다.

바람에 (혹은 무엇에든) 영감을 받은 늙은 셰이퍼는 찬란한 회당에 대해 노래한다. 회당의 불빛은 넝마 같은 세상 구석구석을 비출 것이다. 그 생각은 흐로드가르의 머리에서 시작되었고 점점 커져갔다. 그는 사람들을 불러 모아 자신의 대담한 계획을 선포했다. 언덕 위에 서쪽 바다가 한눈에 보이는 웅장한 궁전을 짓겠다는 것이다. 덴마크인들의 영광과 정의를 상징하며 영원히 서 있게 하기 위하여, 세상 최초의 전쟁을 막아 주었던 거인족의 낡고 황폐한 요새 가까이에 승리의 왕좌를 마련하겠다는 것이다. 그리고 그곳에 앉아 사람들의 목숨과 땅을 제외한 수많은 보물과 재화를 나누어 줄 것이라고 했다. 그의 아들도, 아들의 아들도, 최후의 자손들도 그렇게 하리라고.

나는 어둠 속에 움츠리고 앉아 고통스럽고 미심쩍은 마음으로 그의 이야기를 들었다. 나는 그들을 알고 있으며 그들을 쭉 지켜봐 왔다. 흐로드가르가 말한 것들은 모두 진심이었다. 그는 나무꾼과 목수, 대장장이, 금 세공인을 찾아서 먼 왕국으로 사람을 보냈고, 시중들 마부, 식량 공급자, 재봉사까지 함께 딸려 갔다. 그들은 몇 주 동안이나 밤낮없이 소란을 피웠다. 나는 삼 미터 정도 떨어진 거인족의 폐허에 자리한 덩굴나무와 돌무더기에서 그들을 지켜보았다. 그러고 나서 흐로드가르의 궁전이 완성되었다는 전갈이 덴마크인들에게 전해졌다. 그는 거기에 이름을 붙였다. 성대한 축하연에 참석하고자 바다를 건너 인접 국가 사람들이 모여들었다. 셰이퍼는 노래를 불렀다.

나는 휩쓸려 가는 듯한 느낌으로 노래를 들었다. 그가 말하는 것은 모두 엉터리라는 것을 나는 잘 알고 있었다. 그건 그들의 어둠을 밝히는 빛이 아닌 아첨이고 환상일 뿐이라는 것을. 햇빛에서 열기를 끌어내는 소용돌이라는 것을, 말하자면 한여름에 싹을 틔우는 것이나 마찬가지라는 것을, 낮을 안고 왈츠를 추는 것이나 마찬가지라는 것을. 하지만 나는 여전히 휩쓸리고 있었다.

"엉터리!"

나는 어두운 숲 속에서 씩씩거렸다. 발밑을 지나가는 뱀을 잡아채고는 속삭였다.

"진작부터 알고 있었어!"

나는 심술궂게 웃고 싶었지만 그럴 수 없었다. 흐로드가르의 선량함에 마음이 가벼워진 데다 피에 굶주린 나 자신에게 슬픔을 느낀 것이다. 나는 게걸음 치면서 어둠 속으로 더 물러났다. 마치 물속에 있는 게의 은신처에 돌을 던지면 게가 고통스러워하면서 뒤로 물러나듯이. 나는 달콤하게 유혹하는 하프 소리가 나를 조롱하지 않는 곳까지 뒤로 물러섰다. 하지만 그래도 내 마음은 온갖 이미지들로 고통스러웠다. 용사들이 연회장을 채웠고, 그들이 만들어내는 거대한 침묵은 주변 언덕으로까지 흘러넘쳤다. 그곳에 있는 사람들은 단 한 번도 이웃의 가슴에 칼을 꽂은 적이 없었던 것처럼 온화한 미소를 지으며 셰이퍼의 노래를 듣고 있었다.

"그렇다면 그가 그들을 변하게 한 거야."

나는 이렇게 말하고는 나무뿌리에 걸려 바닥에 넘어졌다.

"그렇고말고!"

그렇고말고. 숲이 되받아 속삭였다. 아니, 숲이 아니라 더 깊이 있는 그 무엇, 또 다른 정신인 것처럼 느껴지는, 아주 늙고 끔찍한 무언가가 속삭이고 있었다.

나는 긴장해서 귀를 기울였다.

아무런 소리도 들리지 않는다.

"그자는 세상을 다시 만들고 있는 거야."

나는 싸우기라도 할 듯 속삭였다.

"셰이퍼라는 이름처럼 말이지. 그자는 기묘한 눈빛으로 무심한 세상을 바라보고는, 나무 막대기를 금으로 바꾸지."

조금은 시적이라는 걸 기꺼이 인정한다. 그자의 젠체하는 말투가 내게도 전염되었다.

"그렇지만."

나는 시무룩하게 속삭였다. 하지만 계속할 수는 없다. 말로만 세상을 바꾸려는 나의 고질적인 태도를 문득 깨달았기 때문이다. 아무것도 변하지 않는다. 아직도 손아귀에 뱀이 있다. 나는 뱀을 내려놓는다. 녀석은 도망친다.

"그자는 추구하는 걸 취하는 거야."

나는 다시 완고하게 말한다.

"사람들의 정신을 변화시켜서 그걸 최대한 이용하고 있는 거지. 바로 그거야."

하지만 너무 성급한 판단 같다. 사실은 그렇지 않다는 것을 나도 알고 있다. 그자는 돈을 받기 위해, 여자들의 (특히 한 여자의) 칭찬을 듣기 위해, 그리고 명망 높은 왕이 자신의 팔을 친히 잡아주는 영광을 얻기 위해 노래를 부르는 것이다. 예술의 관념들이 아름답다면 그것은 예술 덕택이지 셰이퍼의 공이 아니다. 그자는 그 예술을 선택한 눈멀고 어리석은 한 마리 새에 불과하다. 숲에서 새들이 달콤하게 노래한다고 해서 인간이 서로를 해칠 때 더 부드럽게 해치는 것은 아니다.

하지만 그것만으로는 만족스럽지 않다. 그의 손가락은 자신의 힘을 넘어서는 그 무엇에 조종을 받듯이 움직인다. 그래서 옛 노래에서 이야기를 엮어내고, 무서운 이야기에서 특별한 장면을 모아 이어 이음새 없이 완전한 하나의 환영을 만들어내는 것이다. 늙고 부유한 백발의 친구가 주는 돈에 대한 욕심을 넘어, 자신의 이미지이지만 자기 자신은 아닌, 그 어떤 이미지를 창조하는 것이다. 투사된 가능성을.

"그런 거지."

나는 어두운 나무줄기와 덩굴 너머를 응시하려고 몸을 앞으로 숙였다.

나는 곳곳에서 그 보이지 않는 존재를 느낄 수 있었다. 죽음을 처음으로 깨닫게 되었던 때처럼 으스스한 느낌으로, 눈도 깜박이지 않는 천 마리 뱀의 생기 없는 눈빛 같은 그 존재를 말이다. 아무런 소리도 나지 않았다. 나는 공포로 뒤로 물러설 작정을 하고, 두껍고 반들반들한 덩굴 고리를 건드렸다. 하지만 그것은 단지 덩굴일 뿐이다. 여전히 아무 소리도 나지 않고 어떤 움직임도 보이지 않는다. 나는 벌떡 일어서서 눈을 가늘게 뜨고 몸을 앞으로 숙였다. 그리고 나무들을 지나 마을을 향해 조금씩 나아갔다. 그 보이지 않는 존재는 나를 따라다녔다. 그것이 무엇이든 나는 그 어느 때보다 확실하게 느낄 수 있었다. 그러다가 단지 내 마음속에만 있었던 것처럼, 그것은 갑자기 사라졌다. 궁전 안에서 사람들이 웃고 있었다.

연회장의 현관문과 아래쪽 좁은 길에서 남자와 여자 들이 담소를 나누며 서 있었다. 아래쪽 언덕배기에는 소년과 소녀들이 양 우리 근처에서 수줍게 서로의 손을 잡고 놀고 있었다. 몇몇은 숲가에 누워서 서로를 만지작거리고 있었다. 내가 갑자기 얼굴을 드러내면 그들은 분명 비명을 질러댈 것이라고 생각하며 나는 미소를 지었다. 하지만 나는 뒤로 물러섰다. 그들은 서로를 손으로 더듬듯이 부드러운 목소리로 시시하고 어리석은 말들을 주고받고 있었다. 나는 별다른 이유 없이 긴장되고, 심사가 꼬이고, 불안이 터질 듯 부풀어 오르는 것처럼 느껴졌다. 나는 좀 더 천천히 움직였다. 그렇게 그곳을 빙빙 돌다가 무언가 물컹한 것을 밟고는 깜짝 놀라 물러섰다. 사람이었다. 목이 잘리고 옷은 벗겨져 있었다. 나는 당황하여 몸을 떨면서 연회장을 노려보았다. 그들은 여전히 다정하게 이야기를 나누며 서로의 손을 더듬고 있었다. 불빛이 머리 위로 빛났다. 나는 시체를 들어 올려 어깨에 걸쳤다.

그때 하프가 울리기 시작했다. 사람들은 조용해졌다.

하프는 한숨을 쉬고, 늙은 셰이퍼는 노래했다. 아이처럼 달콤한 목소리였다.

그는 오래전 땅이 어떻게 창조되었는지 노래했다. 위대한 신들이 이 세상을 창조했고, 눈부시게 빛나는 평야와 파도치는 바다를 만들고, 승리의 징표로 해와 달을 떠오르게 했으며, 땅에 사는 사람들을 위해 거대한 천체를 만들고, 왕국의 횃불을 밝혔으며, 평야를 갖가지 색깔과 모양으로 장식하고, 식물을 만들고, 땅에서 움직이는 모든 생물에게 생명을 주었다고 했다.

하프 소리는 엄숙해졌다. 그는 세상을 어둠과 빛으로 쪼개 놓은 두 형제의 싸움에 대해 이야기했다. 그래서 다름 아닌 나, 그렌델은 어두운 곳에 있는 것이라고, 나는 신이 저주를 내린 끔찍한 종족이라고 말했다.

나는 그를 믿었다. 아, 셰이퍼의 하프 소리가 지닌 힘이란! 얼굴을 꿈틀거리며, 눈물이 코를 타고 흐르도록, 송장을 팔꿈치로 밀어내고 눈물이 흘러내리는 두 눈을 주먹으로 문지르며 나는 그렇게 서 있었다. 그 송장은 우리 둘이 신의 저주를 받았다는 증거 같았다. 어쩌면 그 형제들은 존재하지 않았거나, 그들을 심판했던 신도 존재한 적이 없었을지도 모른다.

"아아아!"

나는 큰 소리로 울었다.

아, 귀의할 것이다!

나는 시체를 지고 문이 활짝 열려 있는 연회장 쪽으로 비틀거리면서 올라갔다. 그리고 고통스럽게 외쳤다.

"내게 자비를! 평화를!"

하프 소리가 갑자기 멈췄고 사람들은 비명을 질렀다. (그들은 다르게 이야기하지만 이것만이 진실이다.) 술 취한 남자들이 도끼를 휘두르며 내게 덤벼들었다. 나는 무릎을 꿇고 울면서 외쳤다.

"동지여! 나의 동족이여!"

하지만 그들은 개처럼 짖어대며 나를 향해 도끼를 내리쳤다. 나는 몸을 보호하기 위해서 지고 있던 시체를 들어 올렸다. 시체에 무수히 많은 창이 박혔고, 그중 하나는 나를 스쳤다. 왼쪽 가슴 위에 작은 상처가 났다. 거기에서 나는 냄새로 나는 그들이 창에 뱀의 독을 묻혀 놓았다는 것을 알았다. 그리고 내가 인간들에게 처음 충격을 받았을 때처럼, 이번에도 그 자들이 나를 죽일 수도 있다는 것을 깨달았다. 아마도 기회만 있다면 나를 기어이 죽이고야 말 것이다. 나는 시체를 방패 삼아 그들에게 덤볐다. 처음 휘두른 내 주먹에 두 남자가 피를 흘리면서 쓰러졌다. 다른 사람들이 뒤로 물러섰다. 나는 시체를 두 팔로 안아 으스러뜨린 뒤 그들의 얼굴에다 냅다 던지고는 뒤돌아서 도망쳤다. 그들은 따라오지 않았다.

나는 숲으로 뛰어가서 숨을 헐떡이며 쓰러졌다. 미칠 것만 같았다.

"불쌍히 여기소서."

나는 신음했다.

"아아, 불쌍히, 불쌍히 여기소서!"

상어같이 날카로운 이빨을 가진 힘센 괴물인 나는 그렇게 흐느껴 울었다. 그리고 있는 힘껏 땅을 두들겼다. 그 바람에 땅이 삼 미터가 넘게 쪼개졌다.

"나쁜 놈들!"

나는 씩씩거렸다.

"개자식들! 망할 놈들!"

인간들이 화가 났을 때 내뱉는 말들이 튀어나왔다. 그것이 무슨 의미인지도 사실은 잘 몰랐다. 내가 보기에는 늘 죽은 막대기 같은 존재에 불과한 신들을, 인간들이 거부하고 욕할 때 쓰는 말이라는 것 정도만 대강 알고 있었다. 나는 울다가 웃으며 계속 고함을 질러댔다. 저주받은 나의 종족에게는 신을 모욕할 언어조차 없단 말인가!

"어억!"

나는 이렇게 소리를 지르고는 귀를 막고 입을 다물었다. 스스로가 한심하게 느껴졌기 때문이다.

내 어리석음을 갑작스레 깨닫자, 나는 침착해졌다.

나는 우스꽝스러운 희망을 안고 나무 꼭대기 너머를 올려다보았다. 음울하고 미칠 것 같은 마음이면서도 반쯤은 신을 볼 수 있기를 기대했던 것 같다. 기하학적인 모양의 회색 수염을 한 신이 나를 노려보며 핏기 없는 손가락을 흔들 것 같았다.

"왜 나에게는 대화할 사람조차 없는 거지?"

별들도 아무 말이 없었다. 하지만 나는 그들의 무례함을 무시하고 계속해서 말했다.

"셰이퍼에게는 이야기를 나눌 사람들이 있잖아."
나는 손가락을 비틀었다.
"흐로드가르에게도 대화를 나눌 사람이 있고."
나는 그 문제에 대해 생각했다.
아마도 그건 사실과 다를지도 모른다.

사실 선(善)과 평화에 대한 셰이퍼의 생각은 단순히 느린 노래에 불과한 것이 아니라 그 자신의 일부였다. 그래서 어느 누구도, 심지어 흐로드가르도 그를 이해하지 못했다. 그리고 흐로드가르 또한 아들의 아들의 아들에게 보물을 나누어 준다는 그 영광스러운 위업을 진지하게 받아들이고 있지만, 그에게도 일깨워 주고 싶은 것이 있다. 만일 그에게 아들이 있다 해도 아들은 그의 이야기를 듣지 않을 것이다. 아들은 그가 얼마나 많은 금과 은을 가지고 있는지에만 관심이 있을 것이기 때문이다. 나는 그의 자식들을 지켜봐 왔다. 그 비열한 눈빛도.

나는 웃음이 흘러나오는 것을 참았다.
"앞으로 달라질 수도 있겠지."
나는 마치 누군가 앞에서 듣고 있는 것처럼 손가락을 흔들면서 말했다.
"셰이퍼는 그래도 사람들의 마음을 바꿔놓을 수도 있고, 그 불쌍한 덴마크인들에게 평화를 가져다줄 수도 있지."
하지만 나는 그들의 운이 다했다는 사실을 알고 있었고, 그것이 기뻤다. 부인할 수 없는 사실이다. 지옥의 안개 길을 마음껏 헤매고 다니라지.

***

이틀 밤이 지난 뒤 나는 돌아왔다. 나는 중독되어 있었다. 셰이퍼는 죽은 자들의 찬란한 위업을 노래하고 전쟁을 칭송하고 있었다. 그는 그들이 어떻게 나에게 대적했는지를 노래했다. 모두 거짓말이었다. 교활한 하프 소리는 부들 숲 사이를 지나는 뱀처럼 거슬리는 소리를 내며 죽음을 찬미했다. 나는 파수병 하나를 붙잡아 나무 위에서 후려갈겼다. 내 위장은 그를 먹겠다는 욕망에 사로잡혔다.

"그자에게 화(禍)가 있으라."

셰이퍼는 노래하고 있었다.

"사악한 적개심으로 자신의 영혼을 불속에 던져버리는 자에게! 그가 어떤 변화도 희망할 수 없기를! 결코 벗어날 수 없기를! 그러나 죽은 후에 왕을 찾고, 아버지의 품속에서 평화를 찾는 자에게 행운이 있기를!"

"웃기고 있네!"

나는 이를 악물고 속삭였다. 어떻게 나를 이렇게 분노하게 만들 수 있는 거지?

안 될 게 뭐 있어? 나를 감싸고 있던 어둠이 야유했다. 안 될 게 뭐 있어? 안 될 게 뭐 있어? 어둠은 죽은 자의 손처럼 차갑게 내 손목을 그러쥐고, 괴롭히고, 고문했다.

망상일 뿐이다. 나도 알고는 있다. 내 안의 어떤 사악한 것이 나를 숲으로 몰아갔다. 내가 알고 있는 것을 나는 알고 있다. 모든 것이 무심하고 잔인하며 기계적이라는 것을. 셰이퍼의 유혹이 나를 희망 가득한 꿈으로 잡아끌었을 때, 늘 그래왔던 것처럼 어둠이 손을 뻗어 내 발을 잡아챈 것이다.

하지만 내 안의 어떤 것이 나를 둘러싼 이 수백 년 된 존재만큼 차갑고 어두웠다면, 나는 놀랐을 것이다. 나는 나 스스로를 확신하기 위해 덩굴을 만졌다. 하지만 그것은 뱀이었다. 나는 놀라서 튕겨 나왔다.

그리고 나서 나는 다시 냉정해졌다. 독니에 물리지는 않았다. 나는 그 존재가 여전히 깊은 곳, 훨씬 더 깊은 곳에, 시커먼 밤 어딘가에 있다는 사실을 깨달았다. 내 자신을 내던져 버리기만 한다면 그것에 복종할 수 있으리라는 느낌이 들었다. 그것은 나를 그리고 온 세상을 소용돌이처럼 끌어당기고 있는 듯했다.

물론 미친 생각이다. 나는 그 어느 때보다도 더 강렬한 느낌을 안고 자리에서 일어서 숲과 절벽을 지나 호수로, 내 동굴로 돌아갔다. 그리고 그곳에 누워 세이퍼의 노래를 희미하게 떠올렸다. 어미는 언짢은 듯 뼈 더미를 뒤지는 중이었다. 내가 먹을 것을 가져오지 않았기 때문이다.

"우스꽝스러워."

나는 중얼거렸다.

어미가 나를 쳐다보았다.

신이 사랑으로 이 세상을 창조했고, 땅에 사는 자들에게 불빛이 되도록 해와 달을 떠오르게 했으며, 형제들이 싸우다가 그들 중 한 종족만 승리했으며 다른 종족은 저주를 받았다는 것, 그건 모두 피도 눈물도 없는 거짓말일 뿐이다. 하지만 늙은 셰이퍼는 달콤한 하프 소리와 교활한 속임수로 그 모든 이야기를 진실처럼 들리게 했다. 나는 그것이 진실이기를 원했음을 깨닫고 놀랐다. 인간들 또한 그럴 것이다. 사악하고 교활하며 이론에 미친 동물인 인간들도. 그렇다, 나도 진실이기를 원했다. 그의 가증스러운 이야기대로 저주받고 추방된다 할지라도.

어미는 낑낑거리면서 내가 오랫동안 빨지 않은 젖꼭지를 긁어댔다. 어미는 비참하고 역겹다. 어미의 미소는 불빛에 비치는 흰 눈물이다. 아무짝에도 쓸모없는.

어미는 한 가지 소리로만 끙끙거린다. 둘, 둘! 둘, 둘! 그러면서 가슴을 긁는다. 다시 말을 해보는 넌덜머리 나는 시도일 뿐이다.

나는 눈을 꼭 감고 강물 소리를 듣는다. 그리고 얼마 지나지 않아 잠이 든다.

나는 깜짝 놀라 잠에서 깼다.

그 보이지 않는 존재가 천둥소리처럼 지금 내 주위에 가득하다.

"누구지?"

내가 물었다.

대답이 없다. 어둡다.

어미는 자고 있다. 여름날 해변에 늘어져 있는 붉고 침침한 늙은 바다표범처럼 생기가 없다.

나는 일어나 조용히 동굴을 떠났다. 그리고 절벽으로 갔다가 황무지로 내려갔다.

여전히 아무것도 없다.

나는 마음을 텅 비우고 바위처럼 땅과 바다 속으로 잠겨 들어가면서 용을 찾아 길을 떠났다.

5

 그 짐승 앞에서는 으르렁거리는 것도, 소리를 지르는 것도, 고함을 치는 것도 아무 소용이 없다! 붉은빛이 도는 황금빛의 거대한 몸뚱이, 말려 있는 거대한 꼬리, 모아놓은 보물 위로 펼쳐진 팔다리, 그리고 가족의 죽음이 각인된 듯 차가운 눈동자. 보이지 않는 바닥을 가로질러 사라진 곳에는 금과 보석, 은그릇 들이 가득했다. 그것들은 용이 뿜어내는 붉은빛의 파동 때문에 핏빛으로 물들어 있었다. 아치형으로 구부러진 천장과 동굴 위쪽 벽에는 박쥐들이 득시글거렸다. 용이 천천히 숨을 들이마시고 내쉬면서 거대한 벽난로 같은 몸속을 새로운 공기로 가득 채울 때마다 그의 날카로운 비늘도 어두워졌다 밝아졌다 했다. 면도날처럼 날카로운 엄니는 그의 발아래 놓인 산처럼, 귀한 돌과 금속으로 만들어진 양 번쩍거렸다.
 가슴이 뛰었다. 용의 눈이 나를 똑바로 쏘아보고 있었다. 무릎이 풀리고 온몸에 힘이 빠져 나는 푹 주저앉고 말았다. 용이 입을 살짝 벌리자 입에서 불이 조금 새어 나왔다.
"아, 그렌델!"
용이 말했다.
"네가 왔구나."
그 목소리를 듣고 나는 깜짝 놀랐다. 우르르 울리는 소리일 거라고 예상했는데 의외로 아주 늙은 남자 목소리 같았던 것이다. 물론 늙은이의 목소리 정도는 아니겠지만 그다지 크지 않은 소리였다.
"너를 기다리고 있었다."
용이 다시 말했다. 그러고는 마치 구두쇠가 돈을 세다가 터뜨리는 웃음처럼 신경질적으로 웃었다. 용의 눈은 눈꺼풀이 무겁게 처져 있었고 벌꿀주를 좋아하는 늙은이처럼 미세한 주름이 잔뜩 잡혀 있었다.
"옆으로 비켜서라."
용이 말했다.
"나는 가끔 기침을 하는데, 그렇게 정면에 서 있으면 아주 괴롭지."
활기 없는 눈꺼풀에 좀 더 주름이 졌고, 웃을 때면 입꼬리가 말려 올라갔다. 악의를 숨길 수 없는 교활한 웃음이었다. 나는 재빨리 옆으로 비켜섰다.
"잘했다."
용이 말했다. 용은 머리를 살짝 들고 내 쪽으로 눈을 낮췄다.
"영리한 아이구먼! 히히히!"
용은 나를 밟아버릴 것처럼 사람 키만 한 발톱이 달린 주름진 발을 내 머리 위로 들어 올렸다. 그러고는 내 머리를 가볍게 한 번, 두 번, 세 번 톡톡 쳤다.
"자, 이제 말해 봐."
용이 말했다.
"'안녕하세요, 용 아저씨!' 하고 인사 해보렴."
용은 킬킬거렸다.
목에 경련이 일었다. 나는 말을 하기 위해 숨을 가다듬으려 했지만 마음대로 되지 않았다.
용은 미소를 지었다. 축 처지고 금이 간 듯한 입, 늙은 개처럼 이빨을 느슨하게 감싸고 있는 그 입에서 나오는 무시무시하고 천박한 미소였다.
"이제 그자들이 너를 봤을 때 어떤 느낌이었는지 알겠군, 응? 바지에 오줌을 지릴 정도로 두려운 기분 말이지! 히히!"
그러더니 문득 불쾌한 생각이 떠오른 것처럼 깜짝 놀라는 표정을 짓더니 이내 시무룩해졌다.
"너는 잘 모르는구나. 그렇지?"
나는 고개를 끄덕였다.
"좋아."
그가 말했다.
"그게 네가 지키고 있는 귀한 것이군. 젖통, 치질, 종기, 군침……. (으흐흐) 자."
용은 꼭 끼는 금속 목줄을 찬 것처럼 머리를 움직이고는 딴에는 꽤 근엄한 표정을 지었다. 늙은 주정뱅이가 법정에 나갈 준비를 할 때 짓는 표정 같았다. 그러더니 용은 부지불식간에 다시 낄낄거리기 시작했다. 그 웃음소리는 정말 소름 끼치도록 불쾌했다. 용은 도무지 웃음을 그치려 들지 않았다. 어찌나 웃어대는지, 커다란 다이아몬드같이 번쩍거리는 눈물이 뺨을 타고 흘러내릴 지경이었다. 그래도 웃음은 멈추지 않았다. 용은 긴 발톱이 달린 발을 들어 올려 나를 가리켰다. 머리는 웃느라 뒤로 젖혀졌고, 입과 콧구멍에서는 불이 뿜어져 나왔다. 용은 뭔가를 말하려고 했지만 웃음은 갈수록 심해졌다. 급기야 균형을 잡으려고 한쪽 날개는 편 채로 옆으로 구르면서, 한쪽 발로는 눈을 가리고 다른 발은 나를 가리키며 뒷발로 땅을 차면서 웃어제끼는 것이었다. 나는 갑자기 화가 치밀어 올랐다. 물론 감히 표현하지는 않았다.

"토끼 같아!"

용이 내뱉었다.

"으하하하! 겁을 먹으니까, 으하하하, 정말…… (헐떡이며) 정말이지……."

나는 얼굴을 찌푸렸다. 그러다가 내가 정말 토끼처럼 손을 앞으로 내밀고 서 있다는 것을 깨닫고 급히 손을 뒤로 뺐다. 내 불쾌한 표정이 용을 조금 진정시키는 듯했다. 하지만 용은 눈물을 찔끔거리며 헐떡이더니 이제는 켁켁거리는 것이었다. 나는 나의 처지를 완전히 망각하고 주먹 크기만 한 에메랄드 하나를 집어 들고는, 용에게 던질 듯 몸을 뒤로 기울였다. 용은 순식간에 침착해졌다.

"내려놔!"

용이 일갈했다. 그리고 심호흡을 하더니 커다란 머리를 내 앞에 들이댔다. 나는 에메랄드를 떨어뜨렸고 다시 주저앉지 않도록 안간힘을 썼다.

"손대지 마."

용이 말했다. 늙은이 같은 목소리는 눈동자만큼이나 무시무시했다. 천 년 동안 죽어 있었던 것 같았다.

"절대, 절대, 절대로 내 물건들을 건드리지 마."

말을 할 때마다 입에서 불이 뿜어져 나와서 나의 배와 다리에 있던 털이 그슬렸다. 나는 몸을 부들부들 떨면서 고개를 끄덕였다.

"좋아."

용이 말했다. 그리고 잠시 동안 나를 응시하더니 아주 천천히 고개를 돌렸다. 그러고 나서 여전히 조금은 화가 나고 조금은 언짢은 상태로, 늙은 여자처럼 보물이 쌓여 있는 곳으로 올라가서 날개를 펼치고는 침착하게 앉았다.

용은 기분이 아주 불쾌한 것 같았다. 나는 이제 용에게서 아무것도 들을 수 없으리라고 생각했다. 살아서 이곳을 빠져나가는 것만으로도 행운일 것이다. 갑자기 용이 했던 말이 생각났다. '이제 그자들이 너를 봤을 때 어떤 기분이었는지 알겠군.' 용이 옳았다. 이제부터는 그자들 근처에도 가지 않겠다. 가끔 인간을 먹는다는 것(이건 지극히 자연스러운 일이다. 인구 과잉을 막고 겨울에 굶어 죽지 않게 해주는 자연의 섭리인 거다.)과 재미 삼아 인간을 겁줘서 심장마비에 걸리게 하고 악몽에 떨게 만드는 것은 전혀 다른 성질의 일이다.

"시시하군."

용이 말했다.

나는 눈을 깜빡였다.

"시시하다고. 내 말은."

용이 반복해서 말했다.

"왜 그자들을 겁주면 안 되는 거지? 얘야, 내가 이야기를 해 주마……."

용은 무거운 눈꺼풀 아래 눈알을 굴리면서 그르르 하는 소리를 냈다. 그리고 화가 나서 숨을 씨근거렸다.

"어리석다, 어리석어, 어리석어!" 용이 씩씩거렸다. "그 빌어먹을 것들. 넌 여기에 왜 온 거야? 왜 날 귀찮게 하는 거지?"

용이 나를 막으며 재빨리 덧붙였다.

"대답하지 마! 네 머릿속에 무슨 생각이 들어 있는지 안다. 모든 걸 알지. 그것들이 날 이렇게 아프고 늙고 지치게 만든 거니까."

"죄송해요."

내가 말했다.

"입 다물어!"

용이 소리를 질렀다. 불꽃이 동굴 입구까지 솟구쳐 나왔다.

"미안해하는 거 알아. 지금 당장은 그렇겠지. 길고 지루하게 추락하는 영원의 시간 속에서 덧없고 바보같이 명멸하는 섬광 같은 순간 동안은 말이야. 전혀 와닿질 않는다고. 아니, 안 돼! 입 다물어!"

용의 눈은 구멍처럼 쩍 벌어졌다. 나는 입을 다물었다. 내게로 낮게 숙인 그 눈동자는 실로 끔찍했다. 그 속으로 굴러떨어질 것만 같았다. 아무 소리도 나지 않는 공허 속으로 끝없이 추락할 것 같았다. 용은 내가 아래로, 아래로 검은 태양과 거미를 향해 추락하도록 내버려 둔다. 내가 이미 죽어가고 있다는 사실을 알면서도. 그 무엇도 그렇게까지 냉담할 수는 없을 것이다. 그는 속속들이 차가운 뱀이다.

하지만 마침내 용은 입을 열었다. 아니, 웃음을 터뜨렸다. 다시 현실이 들이닥쳤다. 용은 나에게 친절해서가 아니라 자신이 이미 알고 있는 것을 보고 있다는 차가운 만족감으로 웃고 이야기하면서, 나의 추락을 막고 있다. 나는 다시 동굴 속에 있었고, 용의 주름진 뺨에도 소름 끼치는 미소가 다시 떠올랐다. 용의 눈은 다시 한 번 반쯤 감겼다.

"그 말을 원하는구나."

용이 말했다.

"그래서 여기로 왔구나. 충고하마. 묻지 마! 나처럼 해! 금을 찾아서 (내 것 빼고.) 그걸 지켜!"

"왜요?"

내가 물었다.

"입 다물라니까!"

동굴은 용이 뿜는 불이 지나간 뒤 하얗게 변했고, 바위 벽에는 메아리가 울려 퍼졌다. 곡물 창고에 피어나는 먼지처럼 박쥐들이 날아다니다 제자리로 돌아갔다. 다시 모든 것이 죽은 것처럼 꼼짝하지 않고 잠잠해졌다. 용은 조금 펼쳐진 날개를 다시 편안하게 늘어뜨렸다.

나는 기다렸다. 몇 시간이 지나간 것처럼 길게 느껴졌다.

나는 몸을 움츠리고 손가락으로 머리를 감싸고 있었다.

"너는 셰이퍼에 대해 알고 싶어 하는군."

용이 말했다.

나는 고개를 끄덕였다.

"환상이야."

용이 말했다. 용은 희미하게 미소를 짓고 나서, 시간이란 것에 질리고 넌더리가 난 것처럼 미소를 거두었다.

"너도 알다시피, 나는 모든 것을 알지."

늙은이의 목소리가 알랑거렸다.

"태초와 현재와 종말까지, 그 모든 것을 알고 있어. 너는 과거와 현재만을 보지. 저급한 것들이 그렇듯이. 기억과 지각 말고는 그 어떤 뛰어난 능력도 없어. 하지만 애야, 용은 완전히 다른 정신을 가지고 있단다."

용은 미소를 짓듯 입을 좌우로 늘였다. 하지만 즐거워 보이지는 않았다.

"우리는 산꼭대기에서 모든 시간과 모든 공간을 본단다. 강렬한 영상이 한순간에 솟아올랐다가 사라지는 광경을 보지. 그렇다고 해서 우리가 일을 망치는 원인이 되는 건 아니야."

용은 자신이 지긋지긋해하는 논쟁에 억지로 말려들기라도 한 듯 갑자기 격분했다.

"용은 너희들의 그 하찮은 자유의지를 망치지 않아. 흥! 내 말을 들어보라고."

죽은 듯한 눈동자가 밝게 빛났다.

"과거와 현재에 대한 지식을 가지고 있다고 해서, 예를 들어 어떤 사람이 바나나 껍질에 미끄러졌다든가 의자에서 떨어졌다든가 강물에 빠졌다는 걸 네가 기억해 낸다고 해서, 그 기억이 그 사람이 미끄러지고 떨어지고 빠져 죽은 것에 대한 원인인 건 아니잖아. 그렇지? 당연히 그렇지! 그건 그냥 어쩌다 일어난 일일 뿐이고 너는 그 일에 대해 알고 있는 것이지, 네가 안다는 게 그 일의 원인이 되는 건 아니야. 두말하면 잔소리지! 반박하는 자가 있다면 그놈이 무식한 멍청이인 거야. 나의 경우도 마찬가지지. 내가 미래를 안다고 해서 그것이 미래의 원인이 되는 건 아니야. 너희 저급한 것들이 과거를 회상하듯 나는 미래를 그저 **바라볼** 뿐이야. 예를 들어서, 마음이 내켜서든 누군가 부탁해서든 내가 어느 회당을 불태우는 식으로 미래에 관여한다고 해도, 내가 미래를 바꾸는 것은 아니야. 단지 처음부터 알고 있던 것을 행하는 것일 뿐이지. 그건 정말로 명확해. 그렇게 귀결되는 거야. 자유의지니 관여니 하는 따위의 것들은 헛소리에 불과해!"

용은 눈을 가늘게 떴다.

"그렌델!"

나는 벌떡 일어섰다.

"지루한 표정 짓지 마라."

용은 자정처럼 컴컴하게 나를 노려보았다.

"너 자신이 어떻게 느끼는지를 생각해."

용이 말했다.

나는 '죄송해요.' 하고 말할 뻔했지만 꾹 참았다.

"인간은……."

용은 한참을 침묵하더니 말을 이었다. 숨결에서 독이 흘러나오는 것처럼 용의 경멸이 동굴을 가득 채웠다.

"나는 네가 인간들을 이해한다는 걸 알아. 계산을 하고, 측정을 하고, 이론을 만드는 자들 말이지.

    돼지는 치즈를 먹는다네.
    늙은 스내글은 돼지라네.
    스내글이 아파서 아무것도 먹지 않을 때는
    치즈를 주면 된다네.

개수작, 개수작, 개수작!"
용은 불을 내뿜었다.
"그자들은 생각할 줄 아는 것만 생각하지. 총체적 시각도 없고 체계도 없고, 가족들끼리 닮은 것처럼 모호하게 비슷한 음모들만 꾸밀 줄 알아. 다리나 거미줄 이상의 정체성도 없어. 하지만 그자들은 거미줄의 갈라진 틈에 돌연 빠져들어서는 제멋대로 뭔가를 고안하고 측정해 내지. 그러고는 자신들이 그 문제를 해결했다고 생각하는 거야! 나는 그자들이 얼마나 멍청한지에 관해서라면 따분한 이야기를 수천 가지도 해줄 수 있어. 그자들은 그 괴상망측한 이론을 가지고 지옥으로 가는 지도까지 그릴 수 있을걸. 하찮은 사실들만 가지고도 여기에서 달까지 왕복하는 일람표를 만들 수도 있어. 미친 짓이지. 단연 최고야! 고립된 단순한 사실들, 그리고 그것들을 '그리고'와 '그러나'라는 단어로 연결시키는 또 다른 사실들은 그자들의 찬란한 위업을 위한 필수조건이지. 하지만 그런 사실들이란 애초에 존재하지 않아. 모든 것은 서로 연결되어 있다는 것이 본질인 거야. 그걸 안다고 해서 그자들이 하던 짓을 그만두지는 않을 거야. 어차피 씹을 잇몸도 없이 이빨만 가지고 온 세상을 만들어낸 작자들이니까. 물론 그자들도 어쩌다 알아채긴 해. 자신들의 원칙이라는 게 모조리 허튼소리라는 불편한 느낌은 가지고 있다는 말이야. 예를 들어 '신은 존재하지 않는다.'와 같은 명제는 '모든 육식 암컷은 고기를 먹는다.'와 같은 명제에 비하면 진실성이 의심스럽다는 희미한 생각 정도는 하고 있어. 바로 그 지점에서 셰이퍼가 그들을 도와주는 거야. 현실에 대한 환상을 심어주는 거지. 모든 사실이 단단하게 연결되어 있는 것처럼 하나로 이어주는 거야. 장담하건대 시시한 이야기일 뿐이지. 교묘한 재주에 불과해. 인간들이 총체적 현실에 대해 아는 바가 없는 것처럼 그자도 전혀 아는 게 없어. 있다고 해도 극히 조금이지. 자신에게 주어진 시간과 장소와 혀 놀림으로, 똑같이 오래된 원자 덩어리를 가지고 지어내는 거야. 하지만 그자는 하프를 연주하면서 그 모든 것들을 하나로 빚어내고 있어. 그래서 사람들은 자신들이 생각하는 게 실제로 존재한다고 믿고, 신들이 자기들을 사랑한다고 믿는 거야. 그자는 사람들이 원하는 것을 주면서 계속 그것을 지지하게 만들지. 도저히 눈뜨고 볼 수가 없어."

"알아요."

나는 말했다. 하지만 완전히 진심이 아니었다.

용은 미소를 지었다. 잠시 동안이지만 상냥해 보였다.

"너는 아주 세심하고 사려도 깊구나."

용이 말했다.

"모든 것을 생각하고 말이야. 그러니 이제 시간과 공간에 대해 이야기해 주마."

"고맙습니다."

나는 가능한 진심으로 말했다. 나도 거기에 대해서는 생각할 만큼은 해본 것 같았지만.

용이 얼굴을 찌푸렸고 나는 입을 다물었다. 용은 심호흡을 하면서 앞다리를 더 편안한 위치로 옮겨 놓더니, 잠시 생각에 잠겼다가 입을 열었다.

"자연에 대한 다양한 논의들 중에서도 우리는 범위의 차이를 기억해야만 해. 특히 시간이 자아내는 변수에 대해서 말이야. 우리는(너와 내가 아니라, 너희들 말이야.) 우리 몸에서 관찰되는 기능들의 양태를 마치 절대적인 범위 내에서 나타내는 것처럼 받아들이기 쉽지. 하지만 관찰의 한계가 되는 범위 너머로까지 결론을 확장하는 건 아주 성급한 짓이야. 예를 들면 일 초 동안에 아무 변화가 없다는 사실은 천 년 동안의 변화에 대해 아무것도 설명해 주지 못하지. 그리고 천 년 동안의 변화가 백만 년 동안 일어날 일을 이야기해 주지는 않아. 마찬가지로 백만 년 동안의 변화는 일조 년 동안의 변화에 대해 말해 주지 않지. 우리는 이러한 진행을 무한히 확장할 수 있어. 크기에 대한 그 어떤 절대적 기준이라는 것도 없는 거야. 이 진행에서 모든 시간은 앞선 것보다는 크고, 뒤에 올 것보다는 작아. 그래서 모든 특수한 학문은 사물의 특정한 기본 유형을 전제하는 거야. (여기에서 내가 사용하는 '사물'이라는 말은 가장 일반적인 의미야. 여기에는 행동이나 색깔이나 감각적 여건뿐만 아니라 가치까지도 포함될 수 있어.) 정신적 기능이 열등한 자들이나 학습 혹은 '학문'이라는 것을 대할 때 다양한 유형의 사물들 중에서 제한된 것들에만 관심을 갖는 거지. 그러니까 유형의 다양성을 제일 먼저 고려해야 한다는 말이야. 두 번째로는 어떤 특정한 상황에서 어떤 유형들이 나타나는지 판단해야 하는 문제가 있어. 예를 들면 '이것은 초록색이다.'라는 하나의 명제가 있을 때와 '이것들은 모두 초록색이다.'라는 더 일반적인 명제가 있을 때의 판단이 달라진단 말이지. 너희들의 일반적인 추론이 다루는 건 이런 탐구 방식이야. 분명 그런 방식은 저급한 지성이 연구를 시작하는 단계에서는 필수적이지. 그래도 늘 그걸 넘어서려고 노력해야 해. 불행하게도……."

용은 의심에 찬 눈길로 나를 흘긋 쳐다보았다.

"집중하지 않고 있군."

"집중하고 있어요!"

나는 내가 얼마나 진지한지 보여 주기 위해 주먹을 쥐면서 외쳤다.

하지만 용은 천천히 고개를 저었다.

"너는 흥분과 폭력 이외에는 흥미를 느끼지 못하는군."

"그건 사실이 아니에요!"

용의 눈이 더 커지고 몸이 머리부터 발끝까지 밝게 빛났다.

"지금 네가 나에게 사실이 무언지 따지는 건가?"

"그냥 따라가려고 노력 중이에요. 최선을 다하고 있다고요."
나는 말했다.
"이성을 찾으세요. 저한테 뭘 기대하시는 거죠?"
용은 분노에 가득 차 숨을 천천히 내쉬면서 잠시 생각했다. 마침내 용은 눈을 감았다.
"다른 데서 시작해 보자." 용이 말했다.
"암흑시대의 존재한테나 익숙한 개념을 가지고 이야기하는 건 지독하게 힘들다니까. 어떤 시대가 다른 시대보다 더 어두컴컴하다는 것은 아니야. 그건 또 다른 암흑시대가 붙인 전문용어에 불과하지."
그는 계속하는 것이 힘들다는 듯 인상을 찌푸렸다. 그리고 한참 있다 다시 시작했다.
"생명의 본질은 기존의 질서에 대한 좌절감에서 찾을 수 있어. 우주는 완전한 순응이라는 나약한 영향력을 행사하기를 거부하지. 하지만 그렇게 온전한 거부를 통해 중요한 경험을 위한 일차적 조건이 되는 새로운 질서로 이행하는 거야. 우리는 질서의 형태들에 대한 목표, 새로운 질서라는 목표, 성공과 실패의 척도에 대해 설명해야만 해. 아무리 멍청하다 해도 역사적 과정의 이러한 특징에 대한 이해와는 별도로……."
용의 목소리가 점점 잦아들었다.
다시 한참 동안 침묵한 뒤, 용이 말했다.
"이렇게 접근해 보자. 이 단지를 예로 들어서."
용은 금으로 된 그릇 하나를 집어서 내밀었다. 물론 만지지는 못하게 했다. 용은 저도 모르게 의심스럽고 적대적으로 변해서, 마치 내가 그걸 낚아채서 달아날 만큼 멍청하다고 생각하는 것 같았다.

"이 그릇은 다른 살아 있는 것과 어떻게 다르지?"

그러더니 내 손이 닿지 못하게 그것을 멀리 치웠다.

"그 구조가 다르지! 확실해! 이 그릇은 절대적으로 대등한 원자들의 집합체야. 이건 중요성을, 말하자면 존재성을 갖고 있어. 하지만 이건 그 어떤 '표현'도 하지 못하지. 막연한 느낌 같은 것도 가지고 있지 않아. 우주와 관련해서 볼 때 중요성이란 우선은 일원론적이야. 한정된 개별적 사건들에 제한되면 그것은 더 이상 중요하지 않게 돼. 어떤 의미에서 (자세한 건 넘어가고) 중요성은 유한성 속에 무한성이 내재되어 있을 때 비롯되는 거야. 하지만 '표현'은 (지금부터 잘 들어.) 한정된 사건에 기초하지. 유한성이 자신이 처한 환경에 흔적을 남기는 행위인 거야. 중요성은 하나의 세계에서 많은 세계로 이행하는 반면, 표현은 많은 세계가 하나의 세계에 주는 선물이지. 자연의 법칙은 개체와 관계없이 지배하는 평균적인 영향들이야. 하지만 표현에는 평균이란 없어. 그건 본질적으로 개별적인 것이지. 하나의 한정된 분자를 생각해 봐……."

"하나의 뭐요?"

용은 눈을 꾹 감았다. 그리고 붉고 주황빛이 나는 불길을 내뿜으며 길게 한숨을 쉬었다.

"이렇게 말해 보지."

용의 목소리는 희망이 없다는 듯 더 약해지고 있었다.

"식물의 경우에는 겉으로 드러나는 신체 조직을 찾을 수 있어. 하지만 그 조직에는 선천적 특질에 의한 것이든 후천적 습득에 의한 것이든 아주 복잡한 경험을 관장하는 중심이라는 것이 없지. 원자들의 체제이긴 하지만 어느 정도 제한되어 있는 거야. 반면에 동물은 하나 이상의 중심들에게 지배를 받아. 그 지배적 활동이 몸의 나머지 부분과 분리되면(예를 들면 머리가 잘려 나간다든지 하는 경우) 전체 작용 자체가 붕괴되고, 그 동물은 죽게 되지. 하지만 식물의 경우에는 전체를 이루는 대등 구조가 더 작은 대등 구조들로 다시 나뉠 수가 있어서 기능적 표현을 상실하지 않고도 쉽게 살아남을 수 있는 거고."

용은 잠시 말을 멈췄다.

"이건 그래도 조금은 이해되지?"

"그런 것 같아요."

용은 한숨을 쉬었다.

"들어봐. 잘 들어! 아무리 화가 나더라도 인간은 우주 전체를 향해 주먹을 휘둘러대지는 않아. 대신 선택을 하지. 이웃을 때려눕히는 것 따위를. 하지만 돌멩이는 중력의 법칙에 따라 우주를 편견 없이 끌어당기지. 그 차이를 알겠어?"

용은 화가 나서 초조하게 대답을 기다렸다. 나는 할 수 있는 한 오래 그의 눈을 쳐다보다가 머리를 가로저었다. 불공평했다. 아마도 용은 나를 상대로 일부러 어려운 말을 지껄이고 있는 것인지도 모른다. 나는 자리에 앉았다. 종알거리라지. 나를 산 채로 불태우라지. 될 대로 되라지.

아주 오랜 시간이 흐른 뒤 용이 말했다.

"여기에 오다니, 넌 어리석었어."

나는 뚱해서 고개를 끄덕였다.

용은 날개를 쭉 펼쳤다. (그건 거대하고도 노여움이 깃든 하품이었다.) 그리고 다시 편안하게 앉았다.

"모든 것은 오고 가지."

용이 말했다.

"그게 핵심이야. 영겁의 시간이 흐르면 모든 것이 다양한 형태로 몇 번씩 오고 갈 거야. 나도 사라지겠지. 어리석게도 누군가가 나를 죽이겠지.[2] 끔찍하게 슬픈 일이야. 뛰어난 형태의 생명 하나를 잃게 되는 거니까. 자연보호 주의자들이 아우성을 칠걸."

용은 키득거렸다.

"어쨌든 의미 없어. 이 그릇과 자갈도, 이 모든 것들도 없어질 거야, 휙 하고! 젖통도, 치질도, 종기도, 군침도……."

"그건 알 수 없는 일이에요!"

나는 말했다.

용은 이빨을 드러내며 웃음을 지었다. 나도 용이 무슨 생각을 하는지 알 것 같았다.

"시간의 흐름 속에 있는 소용돌이인 거야. 말하자면 작은 조각들이 잠시 모여 있는 것, 먼지들이 되는 대로 뭉쳐 있는 것이지.(알다시피 이건 비유일 뿐이야.) 그러다가 우연히 거대한 먼지구름이 생성되고, 우주가 팽창하고……."

용은 어깨를 으쓱했다.

"복잡다단해. 평범한 먼지와 초록색 먼지, 자주색 먼지, 황금색 먼지. 미세한 차이만 있을 뿐이지. 민감한 먼지, 성교하는 먼지, 신을 숭배하는 먼지!"

용은 동굴처럼 공허한 웃음을 지었다.

"물론 새로운 형식마다 새로운 법칙이 있어. 새로운 계열의 잠재력 말이야. 복합성 너머의 복합성, 사건 위의 또 다른 사건……."

용은 차가운 바람처럼 곁눈질하며 웃었다.

"계속하세요."

내가 말했다.

용은 계속 미소를 지으면서 눈을 감았다.

"종말을 생각해 봐. 아무거나. 시커먼 기름이 가득하고 모든 것이 죽어 있는 바다를. 바람 한 점 없어. 불빛도 없고. 아무것도, 심지어 개미나 거미도 움직이지 않아. 침묵하는 우주. 그것이 명멸하는 시간의 종말이지. 짧고 뜨거운 사건과 생각의 도화선이 우연히 시작되었다가 다시 인간에 의해 뜻하게 않게 꺼져버리는 거야. 물론 진정한 종말은 아니야. 실질적인 시작도 아니지. 시간의 흐름 속에 이는 잔물결에 불과한 거야."

나는 눈을 가늘게 떴다.

"그런 일이 정말 일어날까요?"

"일어났지."

용은 이렇게 말하면서 즐겁다는 듯 미소를 지었다.

"미래에. 나는 그 미래를 보았어."

나는 하프 소리를 기억해 내고 잠시 생각하다가 고개를 저었다.

"못 믿겠어요."

"일어날 거야."

나는 계속 손가락을 입에 대고 눈을 가늘게 뜨고 있었다. 저자가 거짓말을 하는 것일 수도 있다. 그만큼 사악하니까.

용은 육중한 머리를 좌우로 흔들었다.

"아, 인간의 간사한 마음이여!"

그리고 키득거렸다.

"단지 하나의 새로운 복합체, 새로운 사건, 임시방편으로 만든 새로운 규칙들에 불과해. 그래서 또 다른 임시변통용 규칙들을 계속해서 만들어내야 하지. 알다시피, 모든 것들은 맞물려 있어. 데본기(紀)의 물고기, 나란히 놓인 엄지손가락, 앞 숫구멍, 기술 —— **째깍, 째깍, 째깍, 째깍**……."

"믿어지지 않아요."

나는 그의 말에 휘말려 다시 혼란스러워졌다.

"나는 알고 있었어. 너는 절대 모를 거야. 귀뚜라미처럼 좁은 정신에 매여 있다는 건 정말 좌절스러운 일이겠지."

하지만 이번에는 키득거리는 웃음소리에 활기가 없었다. 용은 점차 나라는 존재를 지겨워하고 있었다.

"당신이 '시시하다.'고 그랬잖아요."

나는 말했다.

"내가 사람들을 놀래는 짓을 더 이상 하지 않는다면 그것도 시시한 건가요? 왜 남의 방식을 바꾸고, 그들의 성격을 개선하면 안 되는 거죠?"

아마도 당시 내 모습은 아주 볼만했을 것이다. 무릎을 꿇고

기도하는 신부처럼 열정적이고 진지한 털북숭이 괴물이라니.
 용은 어깨를 으쓱했다.
 "뭐든 좋아하는 걸 해. 최선이라고 생각되는 걸."
 "왜요?"
 "'왜요? 왜요?' 정말 멍청한 질문이야! 왜냐니? 내가 하고 싶은 충고는……."
 나는 물론 어리석다는 걸 알면서도 주먹을 움켜쥐었다. 아무도 용에게 주먹을 날릴 수는 없다.
 "싫어요. 왜죠?"
 용은 목을 빼고 거대한 뿔이 난 머리를 들어 올려 한숨을 쉬면서 불을 뿜었다.
 "아, 그렌델!"
 그 순간 용은 거의 연민을 느끼는 것처럼 보였다.
 "네가 그자들을 개선한다고! 세상에! 너도 똑똑히 보지 않았니? 너는 그자들을 자극하고 있어! 그들을 생각하게 하고 음모를 꾸미게 만들고 있다고. 또 그들이 시를 쓰고, 학문을 하고, 종교를 믿게 하고 있어. 인간이 존재하는 한 그들을 인간답게 하는 짓들이지. 너는 말하자면 그자들이 스스로를 정의 내릴 수 있게 해주는 야수 같은 존재인 거야. 그자들은 추방되고 감금되고 죽는 것을 두려워하지. 너는 그자들에게 필멸(必滅)과 유기(遺棄)라는 두려운 상황을 인식하게 하고 깨닫게 하고 있는 거야! 너도 인간이고, 적어도 인간적인 상황에 처해 있어. 등산하는 사람과 산을 구별할 수 없는 것처럼. 네가 물러서면 즉시 다른 것이 네 자리를 대신하게 될 거야. 너도 알

다시피 야수 같은 존재는 무수히 많거든. 그러니까 쓰레기 같은 감상은 버려. 일관성 없는 인간에게 흥미를 느낀다면 끝까지 인간과 함께해! 겁을 줘서 그들이 스스로를 명예롭다 느끼게 해주라고! 마지막엔 결국 모두 다 똑같아. 물질이든 운동이든, 단순하든 복잡하든. 결국에는 별다른 차이가 없어. 죽음과 변형만 있을 뿐이지. 재에서 와서 재로 가고, 진흙에서 와서 진흙으로 가고. 아멘."

나는 용이 거짓말하고 있다는 것을 확신했다. 아니, 거의 확신했다. 나를 자극해서 인간들을 괴롭히려는 것이다. 음침한 구멍 같은 용은 사악함을 사랑하니까. 나는 말했다.

"그자들이 다른 '야수 같은 존재'를 찾게 내버려 두죠. 그게 뭐든, 난 하지 않을래요."

"하라니까!"

그가 비웃었다.

"부디, 뭐든지 해! 미래를 바꿔! 세상을 더 살기 좋은 곳으로 만들어! 가난한 자를 도와! 배고픈 자를 먹여! 멍청이들에게 친절하게 굴어! 그 얼마나 대단한 일이야!"

용은 이제 더 이상 나를 쳐다보지 않았고, 진리를 가르쳐주는 척하지도 않았다.

"개인적으로 나의 야망은 이것들을 모두 세고 (그는 주변에 있는 보물들을 가리켰다.) 가능하다면 분류하는 거야. '너 자신을 알라.' 이게 내 신조야. 자신이 얼마나 많이 가졌는지를 알아야 해. 그리고 낯선 자를 조심해야 하지!"

나는 발 근처에 있던 루비와 에메랄드를 옆으로 치웠다.

"셰이퍼가 무슨 이야기를 했는지 말씀드릴게요."
"제발 참아줘!"
용은 끔찍한 웃음을 지으며 귀를 막았다.
하지만 나는 완강했다.
"위대한 신들이 이 세상을 창조하고, 눈부시게 빛나는 평야와 파도치는 바다도 만드셨대요. 또……."
"말도 안 돼."
"왜요?"
"무슨 신이? 어디에 있는 신이? 신이라 함은 생명력을 의미하는 건가? 과정이라는 원칙? 우연의 역사로서의 신?"
잘 설명할 수는 없었지만, 내 유치한 믿음에 대한 용의 경멸이 옳다는 걸 알았다.
"어쨌든 뭔가가 있어요."
나는 말했다.
"아무것도 없어." 용이 말했다.
"영원이라는 시커먼 구멍 속에서 잠시 고동치는 것일 뿐이야. 내가 해주고 싶은 충고는……."
"기다려보세요."
내가 말했다.
용은 고개를 저었다.
"이 난폭한 친구야, 내가 해주고 싶은 충고는 말이지. 가치 있는 걸 찾아서 그걸 지키라는 거야."

6

 용과의 만남으로 인해 아무것도 변하지 않았고, 동시에 모든 것이 변했다. 과거와 미래에 대해 시인이 하는 말을 경멸과 의심을 가득 품고 듣는 것과, 내 어미가 뼈 더미를 대하듯 세상을 냉정하고 단순하게 아는 것은 별개의 일이다. 용이 하는 이야기를 제대로 이해했든 오해했든 간에 무언가 훨씬 더 깊은 것이 내 안에 남아 나만의 분위기를 만들어냈다. 숲이 불타고 난 다음 풍기는 죽음의 냄새처럼 강렬하고 얼얼한, 파멸과 허무의 냄새를 공기 중에서 맡을 수 있었다. 그것은 내가 풍기는 냄새이자 이 세상의 냄새였으며, 나무와 바위와 물길과 내가 가는 곳 어디에서나 풍기는 냄새였다.
 하지만 더 나빠진 것이 하나 있었다. 용이 내게 마법을 건 것이다. 이제 어떤 무기도 나를 벨 수 없었다. 나는 내킬 때마다 궁전으로 갔고 인간들은 내 앞에서 무기력했다. 그래서 내 마음은 더욱 어두워져 갔다. 비록 나는 그들을 경멸했고 때로

증오하기도 했지만, 우리가 싸울 때 나와 인간들 사이에는 무언가가 있었다. 이제 나는 무적이었고, 그래서 검은 땅에 홀로 살아 있는 한 그루 나무처럼 외로웠다.

말할 것도 없이, 나는 시초부터 오해당한 자였다. 그것이 내겐 유리한 점으로 여겨졌다.

내가 흐로드가르와 싸우기 시작한 때는 한여름, 수확의 계절이었다. 밤공기는 사과 향기와 쌓여 있는 곡식 더미 냄새로 가득했다. 연회장에서 나는 소리가 몇 미터 떨어진 곳에서 들렸다. 나는 무슨 저주에 걸린 양 연회장을 향했다. 그날 밤에는 모습을 드러내지 않을 작정이었다. 용이 했던 이야기에도 불구하고 나는 흐로드가르의 용사들을 아무 이유 없이 겁줄 생각은 아니었다. (그 당시는 아직 규칙적으로 그들을 급습하기 전이었다. 사실 나는 그것을 전쟁이라고까지는 받아들이지 않고 있었다. 때때로 낙오자들을 죽이기는 했지만 —— 그건 암소의 해골을 박살 내면서 느끼는 즐거움과는 사뭇 다른 잔인한 즐거움을 주었다. —— 궁전을 습격해서 내 모습을 보이는 않았다. 연회장에 가서 그들 사이에 끼려는 바보 같은 짓을 딱 한 번 시도했던 때를 제외하고는.) 나는 숲 가장자리에 쭈그리고 앉아서 먼 언덕 위 연회장에서 새 나오는 불빛을 바라보고 있었다. 셰이퍼의 노랫소리가 들렸다.

셰이퍼가 정확하게 무슨 노래를 부르고 있었는지는 기억나지 않는다. 기억하는 것이라곤 그의 노래가 나에게 이상한 영향을 미쳤다는 것이다. 의심과 고뇌와 외로움, 수치심은 더 이상 엄습해 오지 않았다. 대신 화가 났다. 저것은 저들의 자신감일 뿐이고, 행복에 넘치는 돼지 같은 무식함이고, 오만한 자기만족이며, 그중에서도 최악은 저것이 저들의 **희망**이라는 것이었다. 나는 외양간에서 외양간으로 옮겨 가면서 연회장으로 점점 더 다가갔다. 그리고 벽에 난 틈으로 안을 들여다보았다.

그때 그가 부르던 노래는 일부분이지만 분명 기억난다. 그는 신께서 관대하게도 쉴드 셰빙의 자손들에게 풍작을 내려주셨다고 노래하고 있었다. 살지고 눈이 흐려진 사람들은 얼굴을 빛내면서 그것이 신의 은총임을 인정하듯 고개를 끄덕였다. 셰이퍼는 너그러운 신께서 이렇게 현명하신 왕을 보내주셨노라고 노래했다. 사람들은 모두 잔을 들어 신과 흐로드가르를 위해 건배했다. 흐로드가르는 수염에 음식을 묻힌 채 미소를 지었다. 셰이퍼는 신이 적들을 무찔렀으며, 귀한 보물로 집을 가득 채워주었고, 그래서 그들이 세상에서 가장 강하고 부유해졌다고, 온 세상에서 오직 이곳 사람들만이 자유롭고, 이곳의 영웅들은 용감하며 처녀들은 순결하다고 노래했다. 노래는 그렇게 끝났고 사람들은 박수를 치고 환호성을 지르며 황금 잔을 술로 가득 채웠다. 그들의 멍청한 지껄임 속에서 나는 용의 기운을 느낄 수 있었다.

그때 갑자기 내 뒤에서 곤봉이 달려들었고 동시에 개가 짖기 시작했다. 투구를 쓰고 쇠사슬 갑옷을 입은 파수병이 두 손으로 칼을 쥐고 머리 위로 흔들며 나를 쪼개버릴 듯 달려들었다. 나는 깜짝 놀라 뒤로 물러섰다. 하지만 무언가에 발이 걸려 넘어지고 말았다. 몸을 굴리려고 했지만 칼이 다시 덤벼들고 있었다. 피할 수 없었다. 포식자가 덤비는 순간에 짐승들이 그러하듯 나도 축 늘어지고 말았다. 하지만 아무렇지도 않았다.

나도 파수병만큼이나 놀랐다. 우리는 서로를 노려보았고, 나는 무기력하게 벌렁 드러누워 있었다. 칼이 배를 스쳤다. 파수병은 칼을 놓기가 두려운 듯 자루를 꽉 쥐고 몸을 구부리고 있었다. 수염과 코가 투구 사이로 튀어나와 있었고, 두 눈은 그 아래 움푹 파인 곳에서 시커먼 나무 구멍처럼 크게 벌어져 있었다. 심장이 쿵쾅거리기 시작했고 가슴이 뻐근해져 왔다. 하지만 누구도 움직이지 않았다. 그러더니 거의 동시에 파수병이 비명을 질러댔고, 나는 미친 황소처럼 고함을 질렀다. 그는 칼을 떨어뜨리고는 뒷걸음질해서 도망치려 했지만 개에 걸려 넘어졌다. 나는 미친 듯이 웃었다. 그리고 뱀처럼 재빨리 손을 뻗어 그의 다리를 낚아채고 벌떡 일어섰다. 그는 대롱대롱 매달려 소리를 질렀다. 사람들이 순식간에 나를 에워쌌다. 그들은 창과 도끼를 던졌고, 그들 중 한 명은 버둥거리는 파수병의 팔을 붙잡고 힘껏 잡아당겼다. 나는 그저 파수병의 다리를 붙들고 있을 뿐이었다. 내가 마치 벌꿀주에 취한 것처럼 느껴졌다. 무기가 정면으로 날아와 내 털을 스치고 풀밭으로 떨어졌다.

그러는 가운데 나는 서서히 깨닫게 되었다. 내 안에서 웃음이 터져 나왔다. 용의 마법에 대해서, 연회장 문 앞에 서서 부들부들 떨며 중얼거리는 흐로드가르에 대해서, 그 모든 것들에 대해서 —— 망각하는 나무와 하늘에게, 분별없는 달에게 웃음이 났다. 나는 해를 끼칠 생각은 아니었지만, 늘 그랬듯이 그들은 다시 나를 공격해 댔다. 그들은 미친 것 같았다. 그리고 마침내 용이 웃을 때 그랬던 것처럼 통제할 수 없는 무시무시한 웃음이 내게서 쏟아져 나오기 시작했다. "보라, 신께서 내 적들을 무찌르셨다!" 하고 말하고 싶었다. 하지만 그 생각을 하니 더 미친 듯이 웃음이 터져 나왔다. 심장은 여전히 쿵쾅거리고 인간들도 여전히 무서운데 말이다.

나는 비명을 지르는 파수병을 손에 쥔 채 뒤로 물러섰다. 그들은 그 쓸모없는 무기들을 내린 채 내 웃음소리에 어깨가 움츠러들어 나를 노려보았다. 안전한 거리까지 물러선 나는 그들을 비웃으려고 파수병을 높이 들어 올리고는, 곁눈질로 웃으며 그의 얼굴을 올려다보았다. 공포에 사로잡힌 그는 아무 말도 못하고 나를 바라보았다. 내가 무슨 짓을 하려는지 순간 깨달은 것 같았다. 나는 그들이 지켜보는 가운데 덤덤하게 그의 머리를 물어뜯고, 투구를 부수어 해골을 이빨로 으깼다. 그리고 피투성이가 되어 움찔거리는 몸뚱이를 두 손에 쥐고 목에서 뜨거운 온천물처럼 쏟아지는 피를 빨아 먹었다. 내 몸도 피투성이였다. 여자들은 기절하고 남자들은 궁전 안으로 물러섰다. 나는 시체를 가지고 숲으로 달아났다. 물이 넘쳐 부글대는 도랑처럼 환희에 넘쳐 심장이 마구 뛰었다.

그리고 사흘인가 나흘 뒤에 나는 처음으로 궁전을 급습했다. 나는 그들이 모두 잠들어 있을 때 덮쳐서 침대에서 자고 있던 사람들 일곱 명을 낚아채 갈기갈기 찢은 다음 그 자리에서 게걸스럽게 먹어치웠다. 기이하고도 오싹한 즐거움이 엄습했다. 마치 도저히 믿을 수 없는 발견을 한 듯한, 오래전 호수 너머 달빛 비치는 세상을 발견했던 그때의 느낌과도 같았다. 나는 변했다. 내가 서 있는 혼란스러운 공간에서 새로운 중심이 된 것이다. 한때 발이 끼여 엄청난 고통을 겪었던 그 나무에서 세상이 한 번 폭발했다면, 이제 세상은 공포로 비명을 질러대며 바깥으로 폭발하고 있었다. 이제 나는 한때 헛되이 절벽을 찾아 헤매던 어미가 되어 있었다. 하지만 그것은 내가 말하려는 것의 일부분일 뿐이다. 나는 이제 새로 태어난 듯 아주 굉장한 무엇인가가 **되어버렸다**. 이전에는 다양한 가능성 사이에서, 내가 아는 차가운 진실과 마음을 빨아들이는 셰이퍼의 마술 사이에서 어물거리고 있었지만 이제 그런 때는 지났다. 나는 연회장을 파괴하는 자, 왕을 약탈하는 자, 그렌델인 것이다!

하지만 나는 그 어느 때보다 더 외로웠다.

나는 그것에 대해 불평하지 않는다. (이야기를 이야기하기, 불평을 불평하기, 내가 걷는 이 세상을 말로 채우기.) 하지만 놀라운 사건이 하나 일어났다는 것은 인정한다. 그것은 궁전을 몇 번 더 급습하고 난 뒤였다. 궁전 문은 여전히 건드리기만 해도 활짝 열렸다. 하지만 그날 밤은 왠지 망설여지긴 했다. 남자들이 침대에서 벌떡 일어나 뒤에 있던 투구와 칼과 방패를 낚아채 손에 들었다. 그리고 발악을 하듯 대담한 말들을 쏟아내며 내 쪽으로 비틀비틀 다가왔다. 누군가가 소리쳤다.

"흐로드가르 왕의 용사들이며, 이 시간을 기억하라, 벌꿀주 잔이 돌 때 너희들이 외쳤던 자랑스러운 이야기를 기억하라! 우리의 훌륭한 왕께서 주신 반지를 기억하라! 그리고 있는 힘을 다해 그분의 은총을 갚으라!"

입만 산 바보들 같으니라고. 나는 벽장 쪽으로 의자를 집어 던졌다. 그들은 모두 움츠리며 뒤로 물러섰다. 나는 평평한 발을 벌리고 몸을 숙이며 그들이 뇌까리는 연설이 끝나기를 기다렸다. 그리고 몰래 나에게 덤벼들지나 않는지 싸움꾼처럼 등을 구부리고 머리를 이쪽저쪽 움직이면서 살폈다.

나는 타성적으로 그자들을 두려워했다. 그리고 술 취한 용사들 네댓 명이 무기를 흔들고 소리를 질러대며 가까이 올수록 그들을 향한 나의 어리석은 두려움도 더욱 심해졌다. 하지만 나는 버티고 서 있었다. 그러자 그들 중 하나가 고래고래 소리를 지르며 양손으로 칼을 높이 쥐고 달려들었다. 나는 가만히 서 있었다. 용의 마법은 효과적이었다. 나는 칼날을 손으로 잡아 낚아채서 연회장 저쪽 끝으로 던져버렸다. 칼은 벽난로 돌에 맞아 쨍그랑 소리를 내며 바닥으로 떨어졌고, 나는 그자를 붙잡은 뒤 눌러서 부숴버렸다. 또 다른 자가 영웅심에 가득 찬 흐리멍덩한 눈으로 다가왔다. 그는 왕을 위해 죽겠다고 공언했기 때문에 미치광이처럼 기쁜 표정을 짓고 있었다. 다른 자도 눈에 힘을 주고 소리를 지르며 주춤주춤 다가왔다.

웃음이 터져 나왔다. 정말 말도 안 되는 짓거리다. 부모 형제들과 위대한 흐로드가르, 신이 어쩌고 저쩌고 웅얼대더니만, 정신 나간 것처럼 고래고래 악을 쓰면서 덤벼들다가 단숨에 나동그라지는 꼴이라니. 하지만 웃고 있으면서도 나는 함정에 빠진 듯한 느낌이 들었다. 썩은 나무등걸처럼 텅 빈 느낌. 연회장은 몇 미터까지 늘어나서 시간과 공간의 가장자리까지 쭉 뻗어 있는 것 같았다. 나는 마치 기계처럼 그자들을 계속, 계속, 계속해서 죽이고 있는 나 자신을 바라보았다. 나는 그들의 피로 풀무처럼 부풀어 오른 나 자신을 보았다. 뼈 더미 위로 부는 오랜 바람처럼 죽어 있는, 피가 타는 냄새를 풍기는 용을 제외하고는 세상에서 누구도 거두지 않는, 아무런 의미 없는 우주의 얼룩과도 같은 나를. 나는 갑자기 의자고 식탁이고 침대고 할 것 없이 닥치는 대로 부수기 시작했다. 다른 모든 것들에게도 의미 없고 끔찍한 분노가 밀려왔다.

그러고 나서 — 부조리함이 극에 달했을 때 — 어떤 구원처럼, 운페르트라는 이름을 지닌 그자가 내게 왔다.

그는 강당의 맞은편에 서 있었다. 그는 활력이 넘치고 다소 격앙되었지만 술에 취하지는 않은 듯 냉정하고 침착해 보였다. 그리고 다른 사람들보다 키가 훨씬 컸다. 마치 암소 떼 한가운데 서 있는 말처럼 다른 용사들 위로 솟아 있었다. 코는 화산암처럼 시커멓고 구멍이 숭숭 뚫려 있고, 옆 턱수염이 듬성듬성 자라 있었다.

"뒤로 물러서라."

그가 말했다.

나를 둘러싸고 있던 술 취하고 왜소한 남자들이 뒤로 물러섰다. 운페르트와 나 사이에 길이 열렸다.

"괴물이여, 죽을 준비를 하라!"

그가 말했다. 맞는 말이었다. 화가 난 사제처럼 그의 콧방울이 벌름거렸다.

나는 웃었다. 그리고 "으아아!" 하고 소리를 지르며 뼛조각을 뱉었다.

그는 뒤쪽을 흘금 쳐다보았다. 창문이 어디인지를 확실히 해두려는 것이었다.

"너는 너의 신 앞에 정의로운가?"

그가 말했다.

나는 좀 더 격렬하게 웃었다. 너도 저들 중 하나로구나.

그는 나를 향해 조심스럽게 한 발을 내디뎠다. 그러고는 칼을 잡고 흔들었다.

"쉴드족의 영웅으로 스카니안[3] 땅에 이름을 떨친 에즈라프의 아들 운페르트가 너를 지옥으로 보냈다고 그들에게 전하라."

그는 빙빙 도는 싸움꾼처럼 옆으로 몇 걸음을 뗐다. 그는 이제 나와 십 미터가량 떨어져 있었다. 꼴사나운 행동이었다.

"덤벼봐."

내가 말했다.

"옆으로 게걸음 치는 인간이 나를 지옥으로 보냈다고 말해주지."

그는 내가 무슨 말을 하는지 알아들으려고 인상을 찌푸렸다. 나는 다시 더 크게, 더 천천히 이야기했다. 그가 깜짝 놀란 표정을 지었다. 무슨 말인지는 모르지만, 어쨌든 말이라는 것을 내가 하고 있다는 걸 확실히 알아챈 것 같았다. 그는 마치 거래를 제안하는 것처럼 간사한 표정을 지었다. 불쌍하고 멍청한 짐승과 대결할 때가 아닌, 인간이 인간과 대결할 때 흔히들 짓는 표정이었다.

그렌델 101

그는 몸을 부르르 떨었다. 그리고 정신을 차려 다시 말했다.

"이 흉측한 괴물이여, 수개월 동안 너는 흐로드가르 왕의 궁전에서 마음 내키는 대로 사람들을 죽였다. 하찮은 자들을 죽이듯 나를 죽일 수 없다면, 단언컨대 너의 날은 이제 영원히 끝난 것! 왕께서는 내게 훌륭한 선물을 내리셨고, 이제 그분께서는 그 선물이 쓸모없는 것이 아니었음을 오늘 밤 확인하실 것이다! 죽을 준비를 하라, 이 역겨운 괴물아! 피로 물든 이 시간이 지나면 나 아니면 너의 명성이 세상에 울려 퍼지리라!"

나는 심술궂게 웃으며 머리를 흔들었다. 그리고 아주 감동을 받은 척 "명성이라!" 하고 되받았다.

그의 눈썹이 치켜 올라갔다. 내 말을 알아들은 것이다. 의심의 여지가 없었다.

"너는 말을 할 줄 아는군!"

그가 말했다. 그리고 한 걸음 더 물러섰다.

나는 그를 향해 가면서 고개를 끄덕였다. 연회장 한가운데에는 윤기 나는 사과가 높이 쌓여 있는 식탁이 있었다. 짓궂은 생각 하나가 떠올랐다. 너무나 사악한 발상인 나머지 나는 몸을 떨면서 미소를 지었다. 그리고 식탁으로 조금씩 다가갔다.

"그래, 네가 바로 영웅이로군."

그는 이번에는 내 말을 알아듣지 못했다. 나는 두 번 더 말한 뒤, 짜증이 나서 그 말을 이해시키길 포기했다. 그리고 그가 알아듣든 말든 그가 말한 명성에 대해 이야기했다.

"인상 깊었어."

나는 말했다.

"살아 있는 영웅은 한 번도 본 적이 없었거든. 시에나 등장하는 사람인 줄 알았지. 아, 하지만 영웅이 된다는 건 정말 끔찍하게 부담스러운 일이겠군. 위업을 이루고, 괴물을 거둬들여야 하니 말이야! 사람들은 모두 여전히 네가 영웅인지 확인하려고 지켜보고, 또 평가하겠지. 그게 어떤 건지 너도 잘 알고 있겠지. 히히! 머잖아 수확의 처녀자리께서도 건초 더미 안에서 일을 치르실 마당인데 말이야."

나는 웃었다.

강당 안에서 용의 기운이 강하게 느껴졌다. 마치 내가 사람들을 괴롭히는 것이 그 늙은 짐승을 가까이 불러들이기라도 한 것처럼. 나는 사과 하나를 재빨리 집어 털에 살짝 문질렀다. 그리고 고개를 숙이고 웃으면서 그를 눈썹 위로 올려다보았다.

"무시무시한 짐승이여."

그가 말했다.

나는 계속 미소를 지으면서 사과를 문질렀다.

"아마 지독하게 불편하겠지."

나는 계속 말했다.

"항상 꼿꼿하게 서 있어야 하고 늘 고상하게 말해야 하니까! 참 지치는 일이지."

그는 상처 입은 듯한 표정을 지었고, 조금은 화가 난 것도 같았다. 내 말을 알아들은 것이다.

"비참한 짐승 같으니."

그가 말했다.

"하지만 분명 보상도 있을 거야."

나는 말했다.

"다른 자들한테 우월감도 느끼고, 여자들도 쉽게 넘어오고……."

"이 괴물아!"

그가 으르렁거렸다.

"그리고 자기만족이라는 즐거움도 있겠지. 그거야말로 대단한 보상이겠군! 어떤 위험이 오더라도, 아무리 승산이 없다고 해도, 꼿꼿하게 서서 영웅답고 고귀하게 행동할 거라는 스스로에 대한 쉽고도 절대적인 확신이 있겠지! 그래, 그래서 무덤으로 간다 하더라도 말이지!"

"닥쳐라!"

그가 소리를 질렀다. 목소리가 갈라졌다. 그는 내게 달려들 작정을 했는지 칼을 높이 들어 올렸다. 나는 웃으면서 (그것도 아주 크게) 그에게 사과를 하나 집어 던졌다. 그는 재빨리 피했다. 그의 입이 쩍 벌어졌다. 나는 더 크게 웃으면서 사과를 하나 더 집어 던졌다. 그는 다시 몸을 피했다.

"이봐!"

그가 소리쳤다. 잠시 시간이 지났다.

이제 나는 그에게 사과를 퍼부으면서 힘이 빠질 때까지 웃어댔다. 그는 으르렁거리면서 손으로 머리를 감쌌다. 그리고 빗발 같은 사과를 뚫고 덤비려고 했다. 하지만 일 미터도 채 앞으로 나오지 못했다. 나는 사과 하나를 그 곰보 같은 코에 정통으로 맞추었다. 코에서 강물 흐르듯 피가 뿜어져 나왔다.

피로 미끄러워진 바닥에 그가 넘어졌다. 쨍그랑! 나는 허리가 끊어질 듯 웃어제꼈다. 그 쨍그랑거리는 불쌍한 운페르트는 내가 박장대소하는 틈을 타 네발로 기어 와서는 내게 덤벼들었고, 발목을 잡아채려 했다. 하지만 나는 벌떡 일어나 그를 향해 식탁을 엎어버렸다. 그는 나의 웃음소리가 울려 퍼지는 가운데 피로 물든 사과에 반쯤 묻혀 버렸다. 그는 비명을 지르고 버둥거리면서 나에게 달려들려고 안간힘을 썼다. 동시에 다른 사람들이 자기를 지켜보고 있는지 살폈다. 드높은 영웅의 체신 따윈 팽개치고 어린아이처럼, 불쌍하고 비참한 처녀처럼 울부짖었다.

"그게 인생이야."

나는 이렇게 말하고 한숨을 쉬는 척했다.

"그게 고귀함이라는 거지!"

그런 뒤 나는 그를 떠났다. 평생 이 사과 싸움보다 더 재미있는 싸움은 없었다.

나는 동굴로 돌아가면서(새벽이 밝아오고 있었다.) 그가 따라오지 않는다는 것을 확신했다. 그럴 수가 없었을 것이다. 하지만 내가 틀렸다. 그는 쉴드의 자손들 중에서 새로운 인물이었던 것이다. 그날 아침에 그는 분명 내 흔적을 뒤쫓았음에 틀림없다. 집요한 미치광이 같으니. 그리고 사흘이 지난 후, 마침내 그가 동굴에 도착했다.

나는 잠들어 있었다. 그리고 나를 깨운 것이 무엇인지도 모른 채 깜짝 놀라 잠에서 깼다. 어미가 소리를 죽이고 느린 동작으로 내 곁을 지나가고 있었다. 살인에 대한 욕망으로 어미의 눈이 푸르게 빛나고 있었다. 나는 순간 상황을 파악했다. 내 정신보다 훨씬 더 즉각적인 무언가가 상황을 알아챈 것이다. 나는 휙 뛰어나가 어미를 막고 내 뒤로 밀었다.

그가 물에 빠진 쥐처럼 헐떡거리면서 누워 있었다. 얼굴과 목과 팔 여기저기 곪은 상처가 있었다. 불뱀에게 물린 자국일 것이다. 머리와 수염은 해초처럼 축 늘어져 있었다. 그는 오랫동안 숨을 헐떡거렸다. 그리고 눈알을 굴려 내 쪽을 향했다. 어둠 속에서 그자는 나를 볼 수 없지만 나는 그자를 똑똑히 볼 수 있다. 그는 칼자루를 쥐더니 칼을 가볍게 흔들었다. 하지만 힘이 너무 약해서 바닥에서 칼을 제대로 들어 올릴 수도 없었다.

"운페르트가 왔도다!"

그가 말했다.

나는 미소를 지었다. 어미는 인간의 냄새를 맡고는 내 뒤에서 곰처럼 이리저리 돌아다녔다.

그는 나를 향해 기어왔다. 칼이 동굴 바닥을 긁으며 시끄러운 소리를 냈다. 그러더니 그는 다시 녹초가 되었다.

"노래하리라."

그가 속삭였다. 그러더니 잠시 침묵하면서 숨을 골랐다.

"해가 지나고 시간이 흐를수록, 운페르트가 불타는 호수 아래로 내려가……."

그는 다시 헐떡거렸다.

"세상 끝에 사는 괴물과 목숨을 바쳐 싸우다가 죽었다고 그들은 노래하리라."

그는 뺨을 바닥에 붙이고 오랫동안 헐떡거리면서 누워 있었다. 나는 그가 죽음을 기다리고 있다는 것을 깨달았다. 하지만 나는 가만히 자리에 앉아 팔꿈치를 무릎에 괴고 주먹으로 턱을 받친 다음, 그저 지켜보고 있었다. 그는 눈을 감고 누워서 숨을 고르기 시작했다. 그가 속삭였다.

"내 동료들 앞에서 나를 바보로 만든 건 괜찮다. 고귀함이니, 고상한 말이니 하면서 떠들어댄 것도 좋다. 영웅심이라는 것이 금으로 된 장신구인 양, 단지 겉치레를 위한 것일 뿐 속은 텅 빈 것인 양 말하는 것도 좋다. 하지만 꼭 그런 것만은 아니다, 이 괴물아. 다시 말하면……."

그는 할 말을 찾는 듯 입을 다물었다. 하려던 이야기를 잊어버린 것이다.

나는 아무런 말도 하지 않고, 어미가 가까이 올 때마다 팔을 뻗어 막으면서 그저 기다렸다.

"심지어 지금도 너는 나를 조롱하는구나."

그가 속삭였다. 나는 그가 눈물을 터뜨릴까 봐 조마조마했다. 만일 그가 운다면 과연 나 자신을 통제할 수 있을지 확신이 서지 않았다. 굉장한 위업을 달성한 척 허풍 떠는 건 괜찮다. 하지만 잠시라도 그가 나만큼 비참한 척을 하게 된다면…….

"너는 나를 분별없는 바보라고 생각하겠지."

그가 속삭였다.

"아, 네가 말하는 걸 들었어. 네가 고약하게 비꼬는 말을 알아들었단 말이지. '영웅이라는 것들은 시에나 등장하는 줄 알았지.' 하고 너는 말했지. 내가 지금껏 해온 일들이 단순히 동화에나 나오는 이야기인 것처럼 빈정거렸어."

그는 나를 노려보려고 고개를 들었다. 하지만 앞이 보이지 않아 어미의 움직임을 따라가면서 엉뚱한 방향을 바라보고 있었다.

"그래, 하지만 반드시 그렇지는 않아. 내가 알려 주지." 나는 그의 입술이 떨리는 것을 보았다. 나는 그가 울 것이라고 확신했고, 만약 울기만 한다면 순전히 역겨움 때문에 그를 박살 낼 작정이었다. 하지만 그는 참았다. 그는 다시 머리를 바닥에 떨어뜨리고는 숨을 들이마셨다. 이제 목소리가 조금 돌아왔다. 그는 더 이상 속삭이지 않고 조금 헐떡거리는 소리로 말하기 시작했다.

"시라는 건 쓰레기야. 말들의 구름, 무기력한 자들을 위한 위안일 뿐이지. 하지만 여기에 서서 네게 칼을 휘두르는 사람은 구름도 아니고 말로 만들어진 유령도 아니다."

나는 약간의 과장은 그냥 넘어가 주기로 했다.

하지만 운페르트는 그러지 않았다.

"아니, 여기에 이렇게 누워 있는 사람 말이지."

그가 말했다.

"영웅은 잔인한 진실과 맞서는 걸 두려워하지 않는다."

이렇게 말하고 나니 아까 하려던 이야기가 생각난 듯했다.

"너는 영웅심을 고상한 말일 뿐이라고 했지. 하지만 거기에는 무엇인가가 더 있다. 내가 여기까지 왔다는 게 증명하듯 말이야. 아무도 운페르트가 여기에서 죽었는지, 비겁하게 언덕으로 달아났는지 알 수 없을 것이다. 오직 너와 나, 그리고 신께서만 진실을 아신다. 그게 바로 내면의 영웅심이라는 것이다."

"흐음."

나는 끄덕였다. 물론 인간들이 모순되는 이야기를 늘어놓는 것은 그다지 드문 일은 아니다. 하지만 그의 비극을 그들이 알고 노래하든 전혀 모르고 하든, 어쨌든 한 가지 설(設)만 전해지면 좋겠다는 생각이 들었다. 그래서 운페르트가 훌륭한 인물이었든 사악한 인물이었든, 영웅이었든 아니었든 둘 중 하나로 불려야 한다고. 하지만 현실이라는 것은 슬프게도 허울뿐이다. 나는 한숨을 내쉬었다.

그는 충격을 받은 듯 고개를 획 들어 올렸다.

"너의 그 끔찍한 폐허 같은 머리통 안에는 가치 있는 것이라고는 아무것도 없는 건가?"

나는 잠자코 기다렸다. 이 모든 추태는 내가 아니라 그가 연출한 것이니까.

나는 그의 눈빛이 반짝이는 걸 보았다.

"알겠다."

그가 말했다. 나는 그가 바닥없이 깊고도 우둔한 나의 냉소를 비웃을 것이라고 생각했다. 하지만 비웃음이 눈에 비치려던 찰나, 공포에 가까운 표정이 다시 그의 얼굴에 떠올랐다.

"너는 내가 환상에 사로잡혀 있다고 생각하는군. 동화에나 나오는 영웅심에 속고 있다고 말이야. 너는 내가 이기리라는 희망도 없이 왔다고 생각하겠지. 그래서 모욕을 당하느니 자살할 거라고 말이지!"

그는 웃음을 터뜨렸다. 하지만 유쾌하지 않은, 슬프고 분노에 찬 웃음이었다. 그리고 그 웃음은 금세 사라졌다.

"호수가 이렇게나 깊은지 몰랐다."

그가 말했다.

"단지 기회가 있었던 거지. 더 이상의 것은 내게 없었다. 영웅이란 기회만 보고도 전부를 걸 수 있는 자다."

나는 한숨을 내쉬었다. '영웅'이라는 말이 신경을 건드리기 시작했다. 저자는 바보다. 나는 파리 죽이듯 저자를 으깨버릴 수 있지만 참았다.

"어서 나를 죽여라."

그가 초조한 듯 말했다.

"영웅의 삶을 빼고 세상에 의미 있는 건 없어. 영웅은 가능한 것을 넘어서 가치 있는 것을 보지. 그게 영웅의 본성이야. 물론 그 때문에 영웅은 결국 죽게 마련이지. 하지만 그렇기에 인류의 투쟁에 가치를 더하는 거야."

나는 어둠 속에서 고개를 끄덕였다.

"그리고 따분함도 없애 주고." 내가 말했다.

그는 팔꿈치로 몸을 일으켰다. 어깨가 바르르 떨렸다.

"오늘 밤 우리 둘 중 하나는 죽을 거야. 그것이 너의 따분함을 없애 주나?"

"그렇지 않아."

나는 말했다.

"이제 몇 분 후면 나는 너를 안전하고 멀쩡하게 흐로드가르에게 데려다 줄 거야. 더 이상 시 따위에 속지 않는다."

"그렇다면 나는 자살하겠어."

그가 속삭였다. 이제 그는 격렬하게 몸을 떨고 있었다.

"좋을 대로."

나는 공평하게 말했다.

"하지만 누군가에게는 조금 겁쟁이같이 보일 수도 있다는 걸 받아들여야 하겠지."

그는 주먹을 쥐고 이를 갈았다. 그러고 나서 다시 풀썩 쓰러져서 축 늘어졌다.

나는 그가 대답하기를 기다렸다. 몇 분이 지나자 나는 그가 포기했음을 깨달았다. 그는 찬란한 이상(理想)을 보았고, 그것을 향해 분투했으며, 마침내 그것을 얻고, 이해했다. 그리고 실망했다. 누구나 공감할 수 있을 것이다.

그리고 잠이 들었다.

나는 그를 부드럽게 안아 집으로 데려다 주었다. 나는 여전히 잠들어 있는 그를 흐로드가르의 궁전 앞에 내려놓았다. 그리고 내가 데려다 주었다는 사실을 믿지 않을까 봐 파수병 둘을 죽이고 떠났다.

이제 그는 쓰라림 속에 살고 있다. 한밤중에 불시에 닥치는 나의 공격에 (올 여름에만 세 번이나 이어졌다.) 나약하게 저항하면서, 늘 자기 혼자만 살아남는다는 생각에 미칠 듯이 고통스러워하면서, 죽은 자들을 격렬히 부러워하면서. 나는 그를 볼 때마다 웃는다. 그는 내게 덤비거나 교활하게 뒤로 몰래 도망간다. 때로는 염소나 개, 병든 할머니로 변장하기도 한다.

나는 바닥을 데굴데굴 구르면서 웃는다.

영웅심이라는 것도, 수확의 계절도 이제 신물 난다. 눈먼 노시인과 용이 보는 세상에 대한 새로운 시각이라는 것도 이젠 지긋지긋하다.

7

 균형이 가장 중요하다. 조타수도 없이, 용골(龍骨)은 지옥을 향하고, 돛은 하늘의 눈을 찌를 듯 올려 세운 배에서 시간을 견뎌내려면. 히히!(한숨) 적들은 (용이 말해 주었듯이) 나를 통해 자신을 정의한다. 나로 말하자면, 하룻밤 만에 그들을 끝장낼 수 있다. 거대한 조각이 새겨져 있는 대들보를 끌어내서 그들과 그곳을 돌아다니는 쥐, 그자들이 먹는 술잔과 감자까지 모조리 으깨버릴 수 있다. 하지만 나는 참는다. 나는 어리석음에 눈멀지 않았다. 형태가 있어야 작용하는 것도 있는 법이다. 흐로드가르마저 파멸해 버린다면, '흐로드가르를 파멸시키는 자'라는 이름이 어떻게 가능하겠는가?
 (춤을 조금만 추자, 괴물아. 어깨를 으쓱하면서 무시해. 여기는 참 좋은 곳이구나 — 이런, 맙소사! — 평평한 돌, 달빛, 저 멀리까지 보이는 전망 좋은 자리! 노래해!)

측은한 흐로드가르를,
그렌델의 적을 불쌍히 여기소서!
측은한 그렌델을 불쌍히 여기소서!
아아아!

곧 겨울이다.
(속삭이기, 속삭이기. 그렌델, 네가 미쳤다는 생각이 들지 않니?)
(그는 머리 위로 우아하게 손뼉을 치고는, 한쪽 발의 발가락을 가리킨다 —— 아! 혐오스러운 발톱이로군! —— 한 걸음 내딛고, 한 바퀴 돈다.

그렌델은 미쳤다네,
아, 아, 아!
눈을 내리게 만드는
늙은 흐로드가르를 생각한다네!

균형이 전부다. 운율을 타려면…….

측은한 그렌델을,
흐로드가르의 적을 불쌍히 여기소서!
그렌델이 소용돌이에 휩쓸려 간다네.
어이쿠! 안 돼, 안 돼!

곧 겨울이 온다.

내 바보 같은 전쟁도 십이 년째 계속되고 있다.

12는, 바라건대, 신성한 숫자가 될 것이다. 덫에서 빠져나간 숫자.

〔그는 전조(前兆)를 찾아 달빛 비치는 세상을 뒤진다. 침침해지지 않게 손그늘을 만들고 피가 약간 묻어 있는 털북숭이 한쪽 발로 서서. 발가락 하나는 예전에 도끼에 맞아서 떨어져 나갔다. 황야에 서 있다 번개에 맞아 불타 버린 세 그루의 죽은 나무는 불길한 징조다. (이런, 우리가 불길한 징조라니!) 그래, 나무도. 저 멀리 얼어붙은 언덕에 서 있는 말 위의 남자들도 마찬가지다. "여기야!" 그가 소리친다. 팔을 흔든다. 사람들은 망설이다가 귀가 들리지 않는 척 북쪽으로 가버린다. '겉만 번지르르한 것들.' 하고 그가 생각한다. 이 싸늘한 우주 전체도, 허울뿐이다.〕

그만하면 됐다! 머리를 찢어발기고 피로 목욕하는 밤도 그만하면 됐다! 슬프도다. 철철이 죽여야 할 만큼은 다 죽였다. 황금알을 낳는 거위나 신경 써라! 욕망에는 한계가 없지만, 욕망이 요구하는 것에는 한계가 있다. (그렌델의 법칙)

용의 냄새. 내 주위에 진하게 풍기는, 내 호흡처럼 거의 눈앞에서 잡힐 듯한.

나는 내가 가지고 있는 무수한 은총을 하나하나 곱씹는다.

하나. 내 이빨은 튼튼하다.

하나. 내 동굴의 지붕도 튼튼하다.
하나. 나는 궁극의 허무주의에서 비롯된 행동은 아직 하지 않았다. 즉, 아직 왕비를 죽이지는 않았다.
하나. 아직은.

(그는 절벽 가장자리에 누워서 배를 긁적대며 그가 늘 골똘히 지켜보는 왕비를 여전히 골똘히 지켜보고 있다.)

그녀를 정의하기란 어려운 일이다. 수학적으로는 아마도 대략 원통형이며, 부풀어 있는 곳도 있고 좁다란 곳도 있는, 손잡이 달린 토러스[4]라고 할 수 있을 것이다. 다시 말해 평면 위 하나의 축을 중심으로 원뿔을 회전시켰을 때 만들어지는 평면을 표현하는 것이다. 이렇게 해서 고체는 닫힌다. 물론 정확하게 표현하기는 어렵다. 왕비의 몸무게가 얼마나 나가고, 왕비에게서 어느 정도의 빛이 나오는지 정확하게 판단할 수 없기 때문이다.

웃음을 터뜨리는 괴물.
시간 – 공간의 횡단면: 웨알데오우 왕비.
커트 A[5]:

내가 궁전을 습격한 지 이 년째 되는 어느 밤이었다. 쉴드 족의 군대는 그 수가 줄어들어 쇠약해졌다. 공물을 바치는 시시한 인간들을 구하기 위해 바람이 세차게 부는 날씨에도 망토를 입고 한밤중에 달려가던, 쇠사슬 갑옷 차림의 기수들도 더 이상 보이지 않았다. (아, 내 말을 들으라, 이 언덕들이여!) 흐로드가르는 이웃 지역은 고사하고 자기 궁전조차 제대로 지킬 수 없었다. 나는 사냥감의 숫자를 유지하기 위해 방문을 자제하고 그들을 지켜보았다. 나는 진실로 자연을 사랑하는 것이다.

흐로드가르는 몇 주가 지나도록 밤낮없이 고문(顧問)들과 함께 이야기하고 기도하고 신음했다. 그들의 이야기를 들어 보면 그들을 위협하는 것은 나뿐만이 아니었다. 흐로드가르의 궁전에서 동쪽 멀리 떨어진 곳에 새로운 회당이 들어서는 중이며, 그곳의 젊은 왕이 명성을 날리고 있다고 했다. 흐로드가르가 그랬듯이 그 젊은 왕도 체계적으로 주변 회당들을 불태우고 약탈하면서, 공물을 거둘 영토를 늘려 가고 있다는 것이다. 이제 그는 흐로드가르의 영토 외곽까지 치고 들어오는 중이다. 흐로드가르를 치는 것은 시간문제라고 했다. 고문들은 이야기를 하고 술을 마시고 울기도 했다. 그 가운데에는 흐로드가르의 동맹국도 있었다.

셰이퍼는 노래를 불렀다. 동맹국 사람들은 팔찌를 찬 팔을 다른 사람의 어깨에 두르고 서서 그 노래를 들었다. 머지않아 흐로드가르의 쓰라린 적이 될 자들이었다. 나는 손가락을 움켜쥐고 분노에 찬 미소를 지으며 그 모든 것을 지켜보았다. 나뭇잎은 붉게 변했다. 인간들의 집 뒤에서는 엉경퀴의 자줏빛 꽃망울이 검게 변하고 있었고, 철새가 이리저리 날아다니고 있었다.

그 뒤 흐로드가르의 영토 곳곳에서, 마을 곳곳에서 —— 속국의 속국까지 —— 군대가 만들어지기 시작했다. 그들은 걷거나 말을 타고, 방패와 창과 천막과 옷과 음식을 가득 실은 마차를 끄는 황소들과 함께 흐로드가르에게로 왔다. 내가 살펴보러 내려갈 때마다 그 숫자는 점점 더 늘어나는 것 같았다. 거친 직각 바퀴살을 단 짐마차의 수레바퀴는 거의 사람 키만 했다. 큼지막한 발굽을 한 회색 말들은 늑대처럼 원기가 넘쳤고, 나의 발소리에 눈알을 희번덕거리며 힝힝 콧바람을 내뿜었다. 그것들은 인간들과 동맹을 맺은 듯했다. 인간들 또한 보이지 않는 마구로 묶여 있는 것처럼 보였다. 어두운 정적 속에서 뿔피리가 찢어질 듯 울려 퍼졌다. 맷돌이 삐걱거리고 있었다. 서늘한 공기 속에 그들이 지어 먹은 음식의 잔향이 맴돌았다.

그들은 비탈진 목초지에 막사를 세웠다. 가장자리에는 거대한 참나무와 소나무, 개암나무가 서 있었고 징검다리가 놓인 개울이 아래쪽으로 흐르고 있었다. 숲이 시작되는 곳에는 호수가 있었다. 밤마다 서리를 피하기 위해 모닥불을 지피는 사람들이 늘어났고, 곧 사람과 가축 들이 너무 많아서 설 자리도 없을 정도였다. 쉴 새 없이 속살대는 풀과 낙엽도 막사가 있는 곳에서는 인간들의 존재에 억눌려 시들어버린 듯 조용하기만 했다.

나는 숨어서 그들을 지켜보았다. 그들은 중얼중얼 이야기하거나 아예 입을 다물고 있었다. 전령들이 모닥불에서 모닥불로 이동하면서 우두머리에게 조용히 무언가를 보고했다. 그들이 입고 있는 날개 같은 털옷이 모닥불에 반짝였다. 엄중

한 호위를 받는 젊은 용사들이 사람들을 헤집고 밤새도록 개울에서 옷과 그릇을 씻자 개울물은 곧 오물과 기름으로 더러워져 소리 없이 호수로 흘러들어 갔다. 그들이 잠이 들면 파수병과 개 들은 떼를 지어 그들을 지켰다. 새벽이 오기도 전에 사람들은 잠에서 깨어나 말을 훈련시키고, 무기를 광이 나게 닦고, 활을 들고 사슴을 찾아 나섰다.

그러던 어느 날 밤, 그자들을 살피러 가보니 나무에서 찌르레기가 사라진 양 모두 어디론가 사라지고 없었다. 나는 그들의 흔적을 뒤쫓았다. 발자국, 말발굽 자국, 마차 바퀴 자국이 줄지어 동쪽으로 향하고 있었다. 그들이 보이는 곳까지 뒤쫓은 나는 걸음을 늦추고 기뻐하며 웃었다. 대학살이 일어날 판국이었던 것이다. 그들은 밤새 행군하고 늑대처럼 숲 곳곳에 흩어져 불도 피우지 않은 채 하루 종일 잠을 자고 있었다. 나는 황소 한 마리를 잡아채서 흔적도 남기지 않고 먹어치웠다. 황혼 녘이 되자 그들은 다시 전열을 가다듬었다. 그리고 자정 즈음에 가지 모양으로 뻗어 있는 어느 회당에 도착했다.

쉴드족의 후예를 지키는 영광스러운 자, 서리 내린 수염을 한 호로드가르는 그를 소리쳐 불렀다.

"헬밍족의 군주 히그모드여, 손님을 맞으라!"

운페르트는 호로드가르 옆에서 갑옷 윗도리 위로 팔짱을 낀 채 서 있었다. 머리를 숙이고 눈은 가느다랗게 뜨고 있으며, 꼭 다문 입술은 잘 보이지 않았다. 콧수염이 턱수염 아래로 처져 있었다. 어둠 속에서 사물이 더 뚜렷이 보이듯, 그의 쓰라림도 더욱 선명하게 보였다. 스카니안 땅에 이름을 떨친 영웅 운페르트는 자신이 누구인지 아는 독뱀처럼, 거대한 무리 속에 고립되어 있었다. 흐로드가르 왕이 다시 고함을 질렀다.

젊은 왕은 단단히 무장을 하고 신하 여섯 명과 곰 한 마리를 이끌고 밖으로 나왔다. 금발에 창백한 얼굴을 하고 금팔찌를 찬 그는 놀라움을 감추려는 듯 희미하게 미소를 띠고 주위를 둘러보았다. 쉴드족과 동맹국의 군대가 눈길 닿는 곳마다 끝없이 늘어서 있었다. 언덕 비탈 아래까지, 돌로 포장된 길과 숲 속에도.

흐로드가르는 창을 들어 올려 흔들면서 연설했다. 젊은 왕은 장갑을 낀 오른손으로 곰을 묶은 쇠사슬을 붙들고 돌처럼 굳은 채 연설이 끝나기를 기다렸다. 그에게는 승산이 없었고, 그도 그것을 잘 알고 있었다. 곁에 꼿꼿하게 선 채 군중을 주시하고 있는 곰을 제외하고는 모든 사람들이 그것을 알았다. 나는 미소를 지었다. 아침이 오기도 전에 땅을 흠뻑 적시게 될 피 냄새를 진즉부터 맡을 수 있었다. 겨울 냄새를 머금은 바람이 가볍게 불었다. 바람은 인간들의 옷을 흔들었고, 내 주위에 있는 나뭇잎들은 사각거렸다. 곰은 이제 네발로 엎드려 으르렁거리고 있었다. 왕이 쇠사슬을 잡아당겼다. 그러고 나서 어느 늙은 남자가 회당에서 나와서 곰을 피해 왕에게 다가가 말을 건넸다. 흐로드가르와 사람들은 모두 침묵을 지키며 기다리고 있었다. 젊은 왕과 늙은이는 이야기를 나누었다. 회당에 있던 신하들도 나와서 목소리를 낮추고 대화에 동참했다. 나도 기다렸다. 흐로드가르의 군대도 모두 잠잠했다. 그러다가 젊은 왕이 흐로드가르에게 다가갔고, 흐로드가르의 군대가

술렁거렸다. 그러고는 해안에서 자갈을 안고 쓸려 나가는 파도처럼 다시 잠잠해졌다. 마침내 젊은 왕이 아주 천천히, 왼손으로 칼을 뽑아들었다. 휴전하자는 뜻이었다. 그리고 흐로드가르가 타고 있던 말 앞에 덤덤하게 칼을 떨어뜨렸다.

"선물을 바치겠습니다."

젊은 왕이 말했다.

"명예로운 쉴드족에 대한 우리의 존경을 담은 훌륭한 공물을 바치겠습니다."

그의 목소리와 미소는 우아했다. 물고기의 눈처럼 아래쪽으로 기울어진 그의 눈은 말라버린 우물처럼 아무런 표정이 없었다.

모두 조용한 가운데 운페르트가 웃었다. 웃음소리가 어둠 속으로 퍼져 나가 숲에서 사라졌다.

얼음의 신과 같은 백발에 하얀 수염을 한 흐로드가르는 고개를 저었다.

"너희가 쉴드족에게 줄 수 있는 선물은 없다."

그가 말했다.

"금으로 시간을 번 다음, 어느 날 밤 우리가 벌꿀주를 마시고 있으면 덮칠 심산이겠지. 오늘 밤 우리가 너희들에게 온 것처럼. 그땐 우리가 선물을 바친다 해도 너의 분노는 사그라들지 않을 테지."

늙은 왕은 교활한 눈빛으로 미소를 지었다.

"우리가 뒤뜰에서 강아지와 장난치는 한낱 어린애들로 보이느냐? 네가 힘으로 가질 수 없었던 건 우리도 줄 수가 없을 것이다. 장차 우리에게 열 배로 되갚으려고 할 테니."

운페르트는 곰을 쳐다보며 미소를 지었다. 젊은 왕은 예상했다는 듯이 흐로드가르의 주장과 농담을 묵묵히 받아들였다. 그는 쇠사슬을 다시 잡아당겨 곰이 가까이 오도록 했다. 그리고 충분히 기다린 후 흐로드가르를 다시 올려다보았다.

"군대를 유지할 여력이 남지 않을 정도로 모두 다 드리겠습니다."

그가 말했다.

"그러면 안심하시겠지요."

흐로드가르가 웃음을 터뜨렸다.

"헬밍족의 군주여, 너는 간사하기 짝이 없구나. 왕의 그럴싸한 말 몇 마디는 거대한 군사로 하여금 그를 믿고 따르게 하는 법. 너는 우리의 왕국을 파괴해서 얻게 될 보물들로 그들 모두가 부유해질 거라며 꾀어냈을 테지. 싸워, 싸우자! 말싸움은 이만하면 됐다! 지금은 추운 겨울밤, 아침이면 우리는 돌아가 암소의 젖을 짜야 한다. 무기를 들라. 싸울 구실을 주마. 우리는 여우 굴에 숨어 있는 여우나 죽이러 온 것이 아니다."

하지만 젊은 왕은 기다렸다. 그는 여전히 미소를 짓고 있었다. 그러나 눈빛에는 생기가 전혀 없었다. 그는 무언가 마지막 카드를 갖고 있는 듯했다. 아마도 저들의 음모를 뒤집을 만한 무언가 독창적인 것을 그의 고문들이 준비해 놓았을 것이다. 젊은 왕은 보다 더 조용하게 말했다.

"위대한 흐로드가르 왕이시여, 그대의 마음을 바꿀 만한 보물 하나를 보여 드리겠습니다."

그는 시종에게 몸을 돌려 신호를 했다. 시종은 회당으로 들어갔다.

한참이 지난 후 그가 돌아왔다. 손에는 아무것도 없었다. 시종 뒤로 남자들이 회당의 문을 활짝 열어젖혔다. 불빛이 언덕으로 쏟아져 나와 쉴드족의 무기와 눈동자를 반짝거리게 했다. 곰이 불안하고 화가 난 듯 이리저리 움직였다. 젊은 왕의 분노도 곰을 묶은 사슬 끝에서 사그라지는 듯했다. 늙은 흐로드가르는 기다렸다.

그리고 마침내, 꿈속을 걷듯 천천히, 은으로 짠 옷을 입은 한 여자가 회당에서 미끄러지듯 밖으로 나왔다. 그녀의 부드럽고 긴 머리칼은 불꽃처럼 붉었고, 용의 동굴에서 본 금은보화 위에 비치던 발그레한 광택처럼 부드러웠다. 그녀의 얼굴은 온화했으며 신비스러울 정도로 평온했다. 밤이 더욱 고요해졌다.

"제 누이를 바치겠습니다."

왕이 말했다.

"지금부터 제 누이를 공공의 이익에 성스럽게 봉사한다는 의미에서 '웨알데오우'라고 부르겠습니다."

나는 사각거리는 나무 그늘에 숨어 여자를 훔쳐보았다. 웨알데오우라니, 우스꽝스러운 이름이다.

"허풍, 허풍만 떨어대는 바보들!"

나는 씩씩거렸다. 하지만 그녀는 너무나 아름다웠다. 그녀는 성스럽고 고귀한 처녀성으로 적들에게 투항하는 것이다. 내 가슴은 고통으로 가득 찼고 눈동자가 쓰라렸다. 두려웠다, —— 아, 저 말도 안 되는 잔인한 계략 같으니! —— 내가 흐느껴 울까 봐 두려웠다. 나는 분노로 악을 쓰면서 닥치는 대로 때려 부숴 이 밤을 망가뜨리고 싶었다. 하지만 나는 자제했다. 그녀는 겨울 언덕에 밝아오는 새벽처럼 순수하고 아름다웠다. 예전에 셰이퍼의 노래가 그랬듯이, 이제는 그녀라는 존재가 내 가슴을 갈가리 찢었다. 마치 그런 나를 위로해 줄 것처럼, 아니면 나를 굶기려는 것처럼, 회당에서 아이들이 뛰쳐나와 울면서 달려가 그녀의 손과 옷을 잡았다.

"그만해! 이 철딱서니 없는 것들아!"

나는 속삭였다.

그녀는 아이들을 보지 않고 그저 머리만 쓰다듬었다.

"괜찮아."

그녀가 말했다. 속삭이는 소리에 불과했지만, 그 말은 군사들에게 퍼졌다. 그들도 그 목소리의 마법에 걸린 것처럼 꼼짝하지 않았다. 나는 이를 부득부득 갈았다. 눈물이 비 오듯 흘러내렸다. 그녀는 어린아이 같았고 그녀의 사랑스러운 얼굴은 달빛보다 더 창백했다. 그녀는 두려워서 흐로드가르의 눈을 똑바로 쳐다보지 못하고 수염만 바라보며 "폐하." 하고 말했다.

아, 비통하도다! 아, 비참하게 짓밟힌 감각이여!

나는 내가 있던 높은 나무에서 펄쩍 뛰어내려, 네발로 군사들을 지나 고함을 지르고 흐느껴 울면서 그녀에게 달려가 모피 부츠를 신은 그녀의 작은 발 위에 몸을 던져 엎드리고는 침을 질질 흘려대는 자신을 상상했다. "자비를 베푸소서!" 라고 말하고 나서 소리를 지를 것이다.

"으아아! 아악!"

나는 손바닥으로 눈을 누르면서 웃지 않으려고 애썼다.

그 이후의 일에 대해서는 더 말할 것도 없다. 늙은 왕은 젊은 왕의 선물을 받아들였다. 또한 칼과 컵, 어린 소녀들과 젊은 남자들, 그리고 그녀의 몸종들도 함께 받았다. 며칠 동안 양쪽은 장황하고 지루한 시적(詩的) 연설을 주고받았다. 물론 죄다 거짓말투성이였다. 그리고 나서 쉴드족의 군대는 낮은 울음소리와 훌쩍거리는 소리 속에서 웨알데오우를 비롯한 예쁜 처자들의 짐을 싣고 애처로운 몇몇 장면을 마지막으로 지켜본 다음, 고향으로 향했다.

지독한 겨울이다. 나는 마치 마법에 걸린 것처럼 그들에게 손도 댈 수 없었다. 나는 동굴 속에 움츠리고 앉아 이를 갈고 주먹으로 이마를 치면서 자연을 저주했다. 가끔 얼어붙은 절벽으로 올라가 한 줄기 별빛처럼 푸른 불빛이 반짝이는 곳을 내려다보았다. 주먹으로 얼음 덮인 절벽 바위를 내리쳤다. 그것으로도 만족할 수 없었다. 나는 다시 동굴로 돌아와 어미가 이리저리 움직이며 다니는 소리를 들었다. 어미는 불안함으로, 불안함에 대한 분노로, 내게서 전해 오는 분노를 자신이 해결해 줄 수 없다는 것에 대한 분노로, 미친 듯이 창백한 모습으로 왔다 갔다 하고 있었다. 내 고통을 끝내기 위해서라면 어미는 자신의 목숨도 기꺼이 바칠 것이었다. 쓸데없고 어리석은 사랑 때문에 두 눈이 활활 불타오르고 있는, 곱사등에 잉어 이빨을 한 흉측한 아들을 위해서라면. 고귀한 그녀와 나의 어미 사이에는 부인할 수 없는 유사성이 있다. 그녀 또한 사랑하는 사람들을 위해 자신의 목숨을 바친 것이다. 적절한 상황이 주어지고 최소한의 조건이 갖추어진다면, 바보처럼 헤실거리며 속눈썹을 깜빡여 대는 모든 암컷들이 같은 행동을 할 것이다. 용의 냄새가 유황 연기처럼 내 주변을 감싸고 있었다. 때때로 나는 공황 상태에 빠져 숨을 헐떡이다 잠에서 깼다.

가끔 나는 절벽 아래로 내려갔다.

그녀는 조용한 미소를 띠고 벌꿀주 병을 들고 탁자마다 옮겨 다녔다. 자신이 시중들고 있는 사람들, 남편의 백성들이 마치 자신의 백성인 양. 늙은 왕은 그녀를 상념이 가득한 눈빛으로 바라보았다. 셰이퍼의 음악에 감동받았을 때와 비슷한 눈빛이었다. 하지만 무언가 다른 점이 있었다. 앞으로 올 찬란한 미래에 대한 것도 피로 얼룩진 과거에 대한 교활한 헛소리도 아닌, 시간의 흐름이라는 것을 마치 환상인 양 쓸모없고 저급한 법칙처럼 만들어버리는 눈앞의 눈부신 아름다움을 바라보는 눈빛이었던 것이다.

의미는 본질이 된다. 술 취한 남자들이 공론(公論)을 벌이면서 상대가 어리석다고 깔아뭉개려 할 때면, 그녀는 어머니처럼 말없이 그들에게 벌꿀주를 부어 주었고, 그러면 그들은 자신의 인간성을 생각해 내고는 다시 마음을 누그러뜨렸다. 흡사 위험에 처한 아이의 울음소리를 들을 때나 늙은이의 고통을 볼 때 혹은 봄이 왔을 때 마음이 풀어지는 것처럼 말이다. 셰이퍼는 전에는 생각지 못했던 것들에 대해 노래했다. 위안과 아름다움 그리고 흐로드가르보다 더 부드럽고 영원한 지혜에 대해서. 늙은 왕은 그녀와 잠자리를 함께하면서도 늘 유심히 왕비를 바라보고 있었다.

어느 날 밤, 그녀는 운페르트 앞에서 잠깐 멈춰 섰다. 그는 늘 그렇듯이 등을 구부리고 씁쓸한 미소를 지으면서 태풍을 견디는 낡은 배의 밧줄처럼 근육을 팽팽하게 긴장시킨 채 앉아 있었다. 거미처럼 추한 모습이었다.

"전하?"

그녀가 말했다. 그녀는 용사들에게도 종종 전하라고 불렀다. 가장 낮은 신분의 하인에게조차 그렇게 말했다.

"아니, 됐습니다."

운페르트가 말했다. 그는 그녀를 흘긋 보더니, 호기롭게 웃으면서 고개를 숙였다. 그녀는 당황한 기색을 보일 듯 말 듯하며 표정 없이 기다렸다. 그가 말했다.

"많이 마셨습니다."

아래쪽 테이블에서 벌꿀주에 취해 대담해진 어느 남자가 말했다.

"벌꿀주를 너무 많이 마시면 자기 형제들을 죽이게 된다고 하더군. 하하하."

몇몇이 웃었다.

운페르트는 뻣뻣하게 경직되었고 왕비의 얼굴도 창백해졌다. 운페르트는 다시 한 번 왕비를 쳐다보고는 시선을 돌렸다. 그는 자기 앞에 있는 탁자에 손을 올리고 주먹을 꽉 쥐었다. 손의 위치는 칼과 아주 가까웠다. 아무도 움직이지 않았다. 연회장이 잠잠해졌다. 그녀는 마치 다른 시공간에서 이곳을 내려다보는 것처럼 기묘한 눈빛으로 서 있었다. 그녀가 이 상황을 이해하고 있을까? 형제를 죽인 자 운페르트가 영웅에 대한 셰이퍼의 관념으로 행복한 가면을 쓰고 있다가, 그것이 산산조각 나면서 이제 그 이상이 아닌, 그저 그 자신이 되었음을 나는 잘 알고 있다. 이전에 덧씌워져 있던 환상이 발가벗겨진 채 수치심과 무의미함 속에서 고집스레 생을 이어가는, 한갓 생각하는 동물인 존재로 돌아온 것이다. 자살은 그의 삶과 마찬가지로 영웅적이지 못한 행동이었기 때문이다. 그것은 잔인한 낄낄거림이 아니고서는 해소될 수 없는 역설이다.

시간의 흐름 속에 불쑥 튀어나온 장애물처럼 그 순간이 천천히 지나갔다. 여전히 아무도 움직이지 않았고 누구도 입을 열지 않았다. 형제들을 죽인 살인자 운페르트는 반항하듯 왕비를 향해 눈을 치켜뜨고는 그녀를 계속해서 쳐다보았다. 조소하는 것일까? 수치스러워서일까?

왕비가 미소를 지었다. 그리고 놀랍게도, 12월 중순에 피어나는 장미처럼 그녀가 말했다.

"그건 과거일 뿐이에요."

실로 그러했다. 이제 악마는 정화되었다. 나는 꽉 움켜쥐고 있던 운페르트의 손이 스르르 풀리면서 편안해지는 것을 보았다. 나는 경멸로 울부짖고 눈물을 흘리면서 다시 내 동굴로 기어들어 갔다.

그렇다고 해서 그녀가 모든 사람들에게 흘러넘치는 은밀한 기쁨의 우물이기만 한 것은 아니었다. 잠든 흐로드가르 곁에 누워서 — 나는 책략에 능한 간사한 파수병이라도 된 것처럼 그녀가 가는 곳마다 따라가서 지켜보았다. —— 눈을 크게 뜨고 있는 그녀의 속눈썹은 눈물로 반짝거렸다. 그녀는 여자라기보다는 어린아이였다. 고향을 생각하고, 백성들을 위해 자신의 행복을 포기하기 전 그녀가 뛰어놀곤 했던 헬밍 땅의 오솔길을 반추하는 것이리라. 그녀는 뼈만 남아 앙상하게 벌거벗은 왕의 몸을 마치 아이 다루듯이 잡았다. 왕의 몸과 어둠 사이에는 그녀의 하얀 팔뿐이었다.

때로 그녀는 왕이 잠들었을 때 침대에서 몰래 빠져나와 컴컴한 어둠 속을 홀로 걸었다. 혼자였지만 결코 혼자가 아니었다. 파수병들이 우르르 몰려나와 쉴드족의 보물 중 가장 값비싼 보석인 그 여인을 둘러쌌다. 그녀는 동쪽을 바라보면서 한쪽 손으로는 옷깃을 여민 채 추운 날씨에도 그렇게 서 있었다. 말 없는 파수병들은 그녀를 나무처럼 둥글게 감쌌다. 그녀는 아직 어린아이였지만 그들 앞에서 슬픔을 내보이지 않았다. 마침내 어느 파수병이 추위를 언급하면서 그녀에게 말을 걸었고, 그러면 웨알데오우는 미소를 지으며 고맙다고 고개를 끄덕이고는 다시 안으로 들어갔다.

그해 겨울에 곰과 수많은 종자(從者)들을 이끌고 그녀의 오빠가 방문했다. 그들의 말소리와 웃음소리는 절벽까지 울려 퍼졌다. 그들은 함께 술을 마셨고, 셰이퍼는 노래를 불렀으며, 그들은 또 술을 마셨다. 나는 들키지 않을 정도로 멀찍이 거리를 두고 서서, 그곳에서 들려오는 소리에 귀를 기울였다. 용의 말을 기억하면서 나는 이를 악물었다. 그리고 나서 늘 그렇듯 무기력하게 다시 절벽에서 내려왔다. 바람이 윙윙거리면서 눈덩이를 쌓았고, 하얀 얼음 먼지 때문에 앞이 잘 보이지 않았다. 나는 추위를 이겨보려 몸을 구부리고서 팔로 눈을 가리면서 걸었다. 나무와 외양간과 기둥이 내 시야에 어렴풋이 보이다가 하얀 눈발에 사라졌다. 궁전 근처로 가자 주위에서 파수병들의 냄새가 났지만 눈에는 보이지 않았다. 물론 그들도 나를 보지 못했다. 나는 바람에 날리는 눈이 무릎 사이로 휘감기는 것을 느끼면서 벽 쪽으로 곧장 다가갔다. 그리고 온기를 느끼려 몸을 기댔다. 벽은 사람들이 내는 시끄러운 소음 때문에 조금씩 흔들렸다. 나는 몸을 숙이고 갈라진 틈새로 연회장을 들여다보았다.

그녀는 벽난로에서 타오르는 불빛보다 더 밝게 빛나고 있었다. 가족과 친구 들과 함께 이야기를 나누면서 곰이 장난치는 것을 지켜보기도 했다. 오늘 밤, 탁자 사이를 돌아다니며 벌꿀주를 권하고 있는 사람은 바로 늙은 흐로드가르였다. 그는 위엄 있게 사람들 사이를 다니며 미소와 함께 술잔을 채웠다. 마치 오늘 밤처럼 이렇게 온전하게 행복했던 적은 한 번도 없었다는 듯한 표정이었다. 그는 자기의 백성들과 왕비의 백성들 사이를 옮겨 다니면서 그녀를 흘긋 쳐다보았다. 그리고 그녀를 볼 때마다 그의 미소는 잠시 동안 더 따뜻해졌고, 눈빛에는 더 깊은 상념이 담겼다. 그리고 나서 손님 혹은 쉴드족의 누군가에게 말을 건네거나 몸짓을 취하거나 하면서 그녀를 스쳐 지나갔고, 그러면 그는 보다 상냥하고 명랑해졌다. 물론 왕비를 쳐다볼 때 가장 즐거워 보였다. 왕비는 왕이 그 자리에 있는지도 모르는 듯했다. 그녀는 오빠 옆에 앉아서 한쪽 손으로는 그의 팔을 잡고 다른 손으로는 아마도 가까운 친척인 듯한, 주름이 자글자글한 늙은 여인의 팔을 잡고 있었다.

곰은 발을 뻗고 앉아서 자기 성기를 가지고 장난을 치거나 이상야릇한 표정으로 강당을 둘러보았다. 인간과 함께할 수 없는 무언가가 자신에게 있다는 걸 희미하게 알고 있는 듯했다. 헬밍족 손님들은 모든 과거를 하룻밤 사이에 압축하려는 듯 일제히 쉬지도 않고 열렬히 이야기를 나누었다. 나는 그들의 이야기를 다 들을 수는 없었다. 연회장은 사람들의 목소리와 잔이 부딪히는 소리, 발을 끄는 소리 등으로 소란스러웠다.

때로 웨알데오우는 머리를 뒤로 젖혀 붉은 머리카락을 늘어뜨리고 마음껏 웃었다. 그리고 때로는 머리를 쫑긋 세우고 미소를 짓거나 침착하게 입술을 오므리거나 고개를 끄덕이면서 사람들의 이야기에 귀를 기울였다. 흐로드가르는 조각이 새겨진 높은 의자로 돌아가 용사들 중 가장 신분이 높은 자들에게 술을 권하면서, 마음속으로 어린 시절 친구들의 목소리를 되새기는 늙은이처럼 앉아 있었다. 어느 순간 왕비는 옆에서 오빠가 하는 이야기를 들으면서 오랫동안 흐로드가르를 쳐다보았다. 그녀의 눈빛도 흐로드가르의 눈빛처럼 깊은 상념에 잠겨 있었다. 그러고 나서 그녀는 웃으면서 다시 이야기를 나누었다. 흐로드가르도 왼편에 앉은 남자와 대화를 했다. 왕과 왕비의 마음은 서로 맞지 않는 것 같았다.

그날 밤 늦게 그들은 하프 연주를 주고받았다. 그것은 늙은 셰이퍼의 하프가 아니었다. 어느 누구도 셰이퍼의 하프는 건드리지 않는다. 왕비의 오빠가 하프를 연주하면서 노래를 불렀다. 그는 연주도 음성도 그저 그랬다. 예술가라고 할 만한 실력은 못되었다. 하지만 연회장은 그의 노래에 귀 기울이느라 잠잠했다. 음울한 눈동자에 어린 비애감을 빼고 보면 그는 어린아이같이 천진난만했다. 그는 한 소녀를 너무나 사랑한 나머지 그녀의 늙은 아비를 죽여 버렸던 어느 영웅에 대한 이야기를 노래했다. 아비가 죽자 소녀는 그 영웅을 사랑함과 동시에 증오하게 되었고 결국은 그를 죽였다. 웨알데오우는 슬픔이 가득한 미소를 지었다. 곰은 씩씩거리면서 개를 지켜보고 있었다. 그러고 나자 다른 사람들이 노래를 불렀다. 늙은 흐로드가르는 위험에 대해 곰곰이 생각하면서 사람들을 지켜보고 노래를 듣고 있었다. (왕비의 오빠는 지푸라기처럼 누런 머리칼에, 짙은 청회색 눈동자를 지니고 있었다. 가끔 흐로드가르를 흘긋 쳐다볼 때면 그 얼굴은 적의(敵意)로 험악해졌다.)

아침이 다가올 즈음에야 그들은 모두 잠자리에 들었다. 눈에 반쯤 파묻혀 발이 꽁꽁 얼어버린 상태로 나는 계속 지켜보았다. 왕비는 잠든 흐로드가르의 벗은 어깨에 손을 올리고 그를 유심히 쳐다보았다. 흐로드가르가 그녀와 그녀의 백성들을 바라볼 때와 꼭 같이. 그녀는 흐로드가르의 얼굴에 붙어 있던 머리칼을 떼어내 주었다. 그리고 한참이 지나고 나서야 눈을 감았다. 하지만 그녀가 정말 잠들었는지는 알 수 없었.

그렇게 동굴로 돌아온 나는 연기 때문에 기침을 하면서 동상에 걸려 불에 타는 것 같은 발을 손으로 감싸 쥐고 내 어리석음에 이를 갈았다. 그들은 어떻게든 자신의 어리석음에 대해 변명하지만 내게는 그 어떤 변명거리도 없다. 나는 이미 용을 만났던 것이다. 재에서 태어나 재로 돌아간다. 하지만 여전히 나는 괴로웠다. 그녀의 붉은 머리칼과 턱선, 하얀 어깨가 나를 괴롭혔다. 나는 용이 말하는 진실을 믿을 수 없어 괴로웠다. 영광스러운 순간이 곧 올 거라고 내 가슴은 고집했다. 셰이퍼의 이야기에 따르면 나는 신이 저주를 내린 종족이므로 거기에 절대 낄 수 없었지만, 그 사실조차 하찮을 뿐이었다.

나는 그녀가 주근깨 가득한 손을 늙은 흐로드가르의 팔에 올려놓는 모습을 마음속으로 떠올렸다. 한때 셰이퍼가 연주하는 하프의 한숨 소리를 들었을 때처럼. 아, 비통함, 비통함이여! 이 가당찮은 길로 몇 번이나 더 질질 끌려가야 하는 것일까? 셰이퍼의 거짓말, 영웅이라는 자의 자기 현혹, 그리고 이제는 왕비에 대한 망상까지! 어미는 거칠게 숨을 내쉬며 굽은 손톱으로 머리를 긁으면서 나를 쳐다보다가 가끔 신음 소리를 뱉었다.

그래서 다음 날 밤 — 칠흑같이 어두운 밤이었다. — 나는 궁전 문을 박차고 들어가 사람들을 죽이고, 왕비가 잠들어 있는 방으로 곧바로 돌격했다. 위대한 운페르트가 문간에서 자고 있었다. 그는 일어나 싸울 태세를 취했다. 하지만 나는 귀찮은 망아지 다루듯 그를 옆으로 내동댕이쳤다. 왕비의 오빠가 일어나 곰을 풀었다. 나는 기꺼이 곰의 포옹을 받아들인 다음 등뼈를 분질러주었다. 그리고 침실 문을 들이박았다. 왕비는 비명을 지르면서 벌떡 일어났고 나는 웃음을 터뜨렸다. 그리고 그녀의 발을 낚아챘다. 이제 그녀는 왕비답지 않은 새

그렌델 133

된 비명을 질러댔다. 마치 돼지가 꽥꽥대는 소리 같았다.

아무도 그녀를 구하지 못했다. 자살하겠다던 운페르트조차 분노로 —— 분명 자기혐오에서 오는 분노였을 것이다. —— 소리를 질러대면서 문 앞에 서 있었다. 늙은 흐로드가르는 몸을 벌벌 떨면서 미치광이 같은 소리를 중얼댔다. 나는 그녀를 침대에서 홱 던져버릴 수도 있었고, 황금빛 머리칼이 치렁거리는 그 머리를 벽에 처박아 산산조각 낼 수도 있었다. 사람들은 모두 공포에 질려 지켜보고 서 있었다. 한쪽에는 헬밍족 사람들이, 다른 한쪽에는 쉴드족 사람들이. (균형이 중요하니까.) 나는 왕비의 다른 쪽 발도 손으로 잡은 다음, 찢어버릴 듯이 벌거벗은 두 다리를 좌우로 잡아당겼다.

"신이시여, 신이시여!"

그녀가 비명을 질러댔다. 나는 그 신이라는 자가 정말 오는지 잠깐 기다려보았다. 하지만 그럴 기미는 전혀 보이지 않았다. 나는 웃음을 터뜨렸다. 그녀는 오빠를 부르고 운페르트를 불렀다. 그들은 모두 주춤거렸다.

나는 그녀를 죽이기로 마음먹었다. 그녀를 천천히, 끔찍하게 죽이기로 굳게 결심했던 것이다. 그녀를 불 위에 올려서 다리 사이에 있는 그 흉한 구멍을 지져버리려 했다. 그 생각만으로도 너무 웃겨서 참을 수가 없었다. 이제 그들은 모두 비명을 지르며 죽은 꼬챙이에 불과한 신을 불러댔다. 그래, 그녀를 죽이겠어! 공포에 질려 똥오줌을 싸지르면 손으로 받아서 주물럭거릴 테다. 삶의 본질이라는 의미를 찾아 헤매는 짓도 이제 그만! 나는 그녀를 죽이고 저들에게 현실이라는 것을 가르칠

테다. 나는 진리의 스승, 환상의 시험자 그렌델이다! 오늘 이 순간부터 나는 그러한 존재가 되리라. 그것은 이 순간부터 내가 죽는 날까지 내게 주어진 임무, 내 본성이 되리라. 그 어떤 것도 내 마음을 바꾸지 못하리!

하지만 나는 마음을 바꾸었다. 그녀를 죽이는 것은 의미 없는 짓이다. 그녀를 살려 주는 것만큼이나 무의미하다. 그것은 길고 지루하게 추락하는 영원의 시간 속에서 덧없고 바보같이 명멸하는 섬광 같은 순간을 위한, 질서라는 환상에 지나지 않는다. (마지막 인용)

나는 그녀의 발을 풀어주었다. 사람들은 믿을 수 없다는 듯이 바라보고 있었다. 나는 그들이 믿는 이론이라는 것을 파괴했다. 그러고 나서 연회장을 떠났다.

나는 나를 구원한 것이다. 최소한 나의 행동에 대해서만큼은 그렇게 이야기할 수 있을 것이다. 나는 그녀의 다리 사이에 있는 보기 흉한 것(눈부신 피눈물)에 대한 기억에 집중했다. 그리고 폭설을 가로질러 달리면서 웃었다. 조용한 밤이었다. 나는 궁전에서 사람들이 목 놓아 우는 소리를 들을 수 있었다.

"아, 그렌델, 이 교활한 늙은 악마 같으니!"

나는 숲에다 대고 속삭였다. 그 말은 거짓말처럼 울려 퍼졌다. (동쪽은 어슴푸레했다.)

두 개의 정신을 가진 짐승인 나는 균형을 잡지 못하고 불안정한 상태에 있었다. 그중 하나 — 산맥처럼 고집불통이면서 독단적인 — 가 내게 그녀는 아름답다고 말했다. 나는 마침내, 그리고 확고하게, 자살을 하기로 결심했다. 과거의 어린아이인 그렌델을 위해서. 하지만 그다음 순간, 별다른 특별한 이유도 없이 나는 다시 마음을 바꾸었다.
 균형이 전부다. 악취 나는 진흙으로 미끄러지듯 내려가기 위해선…….

 커트 B.

8

대담무쌍한 흐로드가르 왕,
(쉴드족의 지도자, 칼자루를 마음대로 조종하시는 분,
금을 하사하시는 분, 이제 두 아들을 두신 분)
흐로드가르 왕의 사랑하는 남동생이자
선량한 할가가 살해된 뒤, 아비 없는 고통을 안고
그의 아들 흐로둘프[6]가 헤오르트 궁전에 왔다네.

아, 바위와 나무여, 시끄러운 폭포수여, 내 말을 들으라. 단지 나 자신만을 위해서 이런 이야기를 한다고 생각하는가? 형제자매들이여, 일말의 존경심을 보이라!

(저토록 불쌍한 그렌델, 분노의 자식이여.
모호한 언어 사이로 붉은 눈동자를 감춘 그렌델은
압운과 압운 사이를 야유하면서 매달려 간다네.)

장면: 흐로둘프가 궁전에 도착.

"흐로둘프! 웨알데오우 숙모한테 오렴!
가여운 우리 아기!"
"저를 거둬주셔서 감사합니다, 숙모님."
"말도 안 돼! 너는 흐로드가르 님의 살과 피란다!"
"그렇다고 하더군요." 중얼거림. 희미한 웃음.
늙은 왕은 조각이 새겨진 의자에 앉아
얼굴을 찡그리고 있다.
소년은 반쯤 길들여진 늑대처럼
바른 몸가짐을 하고 있다.
열네 살밖에 먹지 않은 주제에
벌써부터 왕위를 노리는 괘씸한 놈 같으니.
그는 목청을 가다듬는다.
아니다, 아니다. 내가 속단했다.
이 아이는 힘든 시기를 겪었다.
당연히 그랬겠지. 아버지의 장례와 그 나머지 일들.
그리고 당연스러운 듯 재능을 타고났고,
마음속에 긍지를 품고 있다.
그의 혈통이 그러했듯. (쉴드 쉐빙 또한······.)
(들보에 앉아 있는 매는 아무런 말이 없다.)
셰이퍼는 노래한다.
"고귀한 행동으로 칭송받는 자는,
그 어느 왕국에서든 번성하리라!"

하프 소리는 여름날 부는 바람처럼
긴 강당에 울려 퍼진다.
그렇다.
소년은 엄숙하게 앉아서
감은 눈 뒤로 하프 소리를 듣는다.
그의 차분한 마음속에는
10월의 언덕에 늑대가 뛰어다닌다.

이론: 인간의 마음에서 나온 어떤 행동(A)은
그와 똑같은 반작용(A^1)을 일으켜야 한다.
그것이 셰이퍼의 고귀한 지론이다.
그래서 —— 나는 기쁨에 넘쳐 지켜본다. —— 그들은 흐로둘
프를 받아들인다.
아르테미스 여신과 무정한 전갈[7]이 그러했듯 은밀하게
그는 왕과 왕비 사이에 앉아서 칼을 갈고 있다.

장면: 뒤뜰의 흐로둘프. 흐로둘프의 독백.

초라한 털옷을 걸친 농부들이 땅을 괭이질한다.
기름기 때문이 아니라 우둔함 때문에 뚱뚱해진 자들.
컴컴한 지하 감옥 문간에서
그들의 음식 냄새가 역겹게 풍긴다.
헤픈 눈빛의 계집애들이
청년들의 생각 없는 괭이질에 젖가슴을 내맡기는 곳.

수염에 버짐이 일어난 늙은 남자들은
먼지투성이 길을 절뚝거리면서
앙상한 개처럼 모여든다.
신들이 줄지어 서 있는 광장으로.
그곳은 왕이 정의를 심판하기 위해 반드시 필요한 장소.
그들은 실언을 해서 말[馬]을 잃게 된 사연에 대해,
혹은 살인자들이 활보하게 만든
미묘한 재판정의 실수에 대해
까마귀처럼 고개를 끄덕인다.
"우리에게 기쁨을 주신 흐로드가르 왕 만세!"
그들이 빽빽거린다.
살집 때문이 아니라 떠올릴 걱정거리가 없어 비대해진,
위대한 군주들의 군주는
암캐 같은 눈빛으로 미소를 지으면서
아래를 내려다보고 있다.
"모두가 행복하다." 그들은 한숨을 쉰다.
"흐로드가르 왕 만세! 우리는 모두 행복하다!"
법칙이 땅을 다스린다.
인간의 폭력은 선(善)과 연결되어 있다고들 한다.
(다시 말해, 왕에게 연결되어 있다는 말이다.)
빵을 훔친 도둑의 목을 내리찍은 다음
도끼를 깨끗하게 닦는 것은 합법적 폭력이라는 것이다.
법칙에 따른 살인이다.
생각해 보라, 땀범벅이 된 야수여! 주시하고 사유하라!

너의 친절한 보호자의 등에 나 있는 이 털은
다 어디에서 온 것인가?
왜 빵을 훔친 자는 죽고,
어째서 사람들을 죽이는 용사는 값비싼 변호인의
교묘한 재주를 이용해 법망을 빠져나가는가?
생각하라! 네 주름진 얼굴을 쥐어짜서
말라버린 생각의 끄트머리를 붙잡으라.
폭력은 네가 자유롭게 놀던 숲 속 오두막을
마구 난도질하고 파괴했다.
폭력은 늑대가 가진 것만큼의 합법성도 갖추지 못했다.
이제 그들은 우리를 폭력으로 가두어놓았다.
너와 나, 늙은이까지도.
비열하고 왕답지 못한 폭력에 우리는 제압당했다.
그늘로 들어오라.
너와 너의 야생 멧돼지 아들에게 해줄 말이 있노라.

장면: 숲 속의 흐로둘프.

내 머리 위로 넓게 자란 개암나무는
태양을 잡으려고 차갑고 검은 가지를 뻗으며,
내 가슴속 어둠을 깊이 가라앉힌다.
개암나무의 아롱진 높은 왕관 같은 길은
새를 집으로 안전하게 돌아갈 수 있게 해주고,
보물을 선사하는 숲의 정맥을 따라

다람쥐들이 날래게 달릴 수 있게 해준다.
하지만 발밑 대지는 죽어 있구나.

기이한 섭리로다! 나무가 서 있는 자리에는
오직 자신과 그가 초대한 손님들만 있을 뿐
다른 것은 아무것도 살아남지 못하니,
나무를 폭군이라
불러야 할까?
숨 막히는 어둠만 드리우고,
풀의 생명을 빨아들이고,
아첨만 늘어놓는 하찮은 친구들 때문에
어린 나무를 시들게 하니, 나무를 저주해야 마땅할까?
세상을 지배하는 법칙은 겨울의 법칙,
우발적인 법칙이다. 나 또한 잔인해질 수 있도다.
폭력적인 의지를 가지고 햇빛을 낚아챌 수 있고,
그 행동으로 칭송받을 수도 있다.
내 생각의 땅을 모두 비워버리고,
지하에 파묻힌 돌처럼 욕망을 단단히 붙들고,
오래된 것들은 모두 말라 죽게 할 수도 있다.

그녀는 내 머리를 쓰다듬으면서 미소를 짓는다.
주는 대로 받는다는 사랑의 수사(修辭)를 믿는
친절한 여인.
하지만 생각이 내 마음속을 스쳐 지나간다.

사랑보다 더 변하지 않는 것이 있어야 한다.
머리 위 높이 솟아 있는 흐릿한 윤곽의 나무는
태양을 삼킨다. 땅은 죽었다.
나는 숨 막히도록 비와 바람을 갈망한다.

장면: 흐로둘프의 침대 옆에 있는 왕비. 웨알데오우의 독백.

너무 어려서 너무 슬픈 거니? 꿈속에서조차도?
하지만 더 나쁜 때가 올 것이란다, 아가야.
네가 달래주곤 하는 아가들은
출생 신분 때문에 자연히,
그 많은 금반지를 갖게 될 것이란다!
아, 그때가 되면,
그 아이들에 대한 너의 우애도 식겠지.
어린 사촌들이 세상을 다스리게 되면,
다른 사촌의 미소는 점점 더 옅어지겠지.

내가 어린아이였을 때에는
진실한 마음으로 사랑을 했단다.
북쪽 바다처럼 잔잔하고 깊은 경솔한 사랑이었지.
하지만 이제 나는 살 만큼 살았고,
그래서 잠을 이룰 수가 없단다.

간단히 말하자면 나는 그 아이 안에서 폭력에 대한 생각이 자라나고 있는 것을, 그리고 다른 모두의 마음속에서 근심이 자라나고 있는 것을 보았다. 원한에서 환희를 빨아올리면서 —— 아, 지옥에 다다를 때까지 빨아올리면서!—— 지옥을 향해 달려가는 늙은이, 대지의 가장자리를 헤매는 자인 나는 즐겁기 짝이 없었다.

윗입술과 턱에 아기처럼 솜털이 보송보송한 것을 빼고는 깡마르고 여드름투성이에 수염도 나지 않은 철부지였던 흐로둘프는 처음 이곳에 왔을 때 거의 입을 열지 않았다. 그해가 끝나갈 무렵에도 누군가 억지로 시키지 않는 이상, 혹은 때로 숲에서 몰래 만나는 늙어빠지고 불쾌한 자신의 고문을 만날 때를 제외하고는 어떤 이야기도 하지 않았다. 흐로둘프의 눈은 숯처럼 새카맸고, 깜박거리지 않는 눈동자는 적갈색이었다. 그는 늘 뭔가를 기억해 내려고 안간힘을 쓰는 사람처럼 머리를 앞으로 푹 숙이고 입술을 부루퉁하게 내밀고 서 있었다.

그 늙어빠진 남자 —— 적마(赤馬)라는 별명으로 불렸던 —— 는 무언가에 깜짝 놀라서 그렇게 된 양 눈과 입이 둥글고 붉었고, 높이 매달려 있는 텅 빈 머리에는 햇빛처럼 흰 머리칼이 너울거렸다. 그자는 갑작스럽게 무언가를 떠올린 것 같은 표정을 짓고 있었다. 해골 모양의 그늘진 길(내가 종종 이용하는 길로, 사람들은 그 길이 해골 모양이라는 것을 몰랐다.)을 따라 나는 두 사람을 뒤쫓았다. 흐로둘프는 나무뿌리와 돌부리에 채어 비틀거렸고, 늙은이는 뻣뻣한 한쪽 다리로 흔들거리면서 걸었다. 그자는 눈을 부릅뜨고 말할 때마다 침을 뱉었다. 그자에게서는 악취가 진동했다.

"합법성의 영역을 벗어나기 위해서는 상황을 끝까지 밀고 나가야 합니다."

늙은이가 날카롭게 소리쳤다. 그자는 가는귀가 먹어서 사람들에게 늘 그렇게 소리를 지르면서 이야기했다.

"폭력을 일으키기 위해서는 기존의 가치를 전면적으로 전복해야 합니다. 한 번의 타격만으로도 극악무도한 행위는 영웅적이고 가치 있는 행위로 전환될 것입니다. 혁명이 슬픔으로 끝난다면, 그것은 당신과 당신 수하의 사람들이 자신의 잔학함을 저어했기 때문일 겁니다."

흐로둘프는 또 넘어졌다. 늙은이는 흐로둘프가 넘어진 것을 알아채지 못한 채 주먹을 휘두르면서 계속 비틀거리며 걸어갔다. 흐로둘프는 조금 놀라 주변을 둘러보다가, 자신이 넘어진 것을 깨닫고 다시 일어섰다. 그리고 늙은이를 따라잡다가 다시 넘어질 뻔했다.

"사랑하는 왕자님, 절대 실수를 하셔서는 안 됩니다."

늙은이는 계속 소리쳤다.

"제도와 도덕을 완전히 폐허로 만드는 것은 하나의 창조 행위라 할 수 있습니다. 실로 **종교적인** 행위인 거지요. 살인과 폭력은 혁명의 생명이자 영혼입니다. 이 이야기에 웃으시면 안 됩니다. 물론 웃어넘기는 바보들은 수없이 많지만요."

"아니, 아니에요."

흐로둘프가 말했다.

"혁명의 영혼! 왕국이라는 것이 위하는 척하는 게 무엇입니까? 타협을 조정하는 공동체의 가치를 지킨다, 공동 이익을 향상시킨다! 다시 말하면, 권력을 가진 자의 권력을 보호하고 그렇지 않은 자들을 억누른다는 것입니다. 물론 모두의 합의에 의해서 그렇게 한다고 지어내지요. 그것도 아주 그럴듯하게 지어냅니다. 우리도 사람들에게 그런 허상을 심어줄 것입니다."

흐로둘프는 고개를 끄덕였다.

"사람들에게 허상을 심어줘야 해."

"체제에 순응하는 사람들에게 보상하는 식으로 말이지요. 왕의 직속 무사들, 그 무사들의 최고 부하들 등등. 그렇게 가다 보면 체제에 전혀 순응하지 않는 사람들에게까지 내려가게 되지요. 문제없습니다. 그자들은 제일 어두운 변방으로 보내버리든가, 굶겨 죽이든가, 감옥에 집어넣든가, 아니면 전쟁에 내보내면 됩니다."

"그런 식으로."

"다수의 욕심을 만족시키면 나머지 일은 아무 문제가 되지 않습니다. 바로 그거죠. 여전히 합의라는 허구를 가지고 있으니까요. 비천한 노동자들이 불평을 해대면 국가의 권위는 사회보다 우선한다고, 사회에 대한 통제를 강화했다가 완화하면서 질서를 유지시킨다고 주장하시면 됩니다. 국가는 개인을 뛰어넘는 정의의 최고 구현체라고 말이지요. 만약 노동자들을 도저히 구슬릴 수 없다면? 그때는 '법을 지켜라!' 혹은 '공익을 우선하라!' 하고 외치면서 억압하세요. 그리고 그자들을 체포하고 그중 몇몇을 처형하세요."

"비열한 책략이군요."

호로둘프가 입술을 깨물면서 말했다. 눈에는 눈물이 고였다. 늙은 신하가 웃음을 터뜨렸다.

"바로 그겁니다! 나라가 안팎으로 위기에 처한 시기에 국가의 존재란 무엇이겠습니까? 위급한 상황에 국가가 해야 할 일이 무엇이겠습니까? 대답은 분명하고도 명백합니다! 그렇습니다! 몇 사람이 일을 하지 않으려 한다면 경찰이 움직입니다. 국경이 위험하다면 군대가 일어섭니다. 공권력은 모든 국가의 생명이자 영혼입니다. 그것은 단순히 군대와 경찰뿐만 아니라, 감옥, 재판관, 세금 징수원을 포함해 생각할 수 있는 모든 종류의 강압적 수단을 포함합니다. 국가는 폭력 기관입니다. 합법적 폭력이라 불러주면 반기는 독점적인 폭력 기관이란 말입니다. 왕자님, 혁명은 부도덕한 것을 도덕적인 것으로 혹은 비합법적인 폭력을 합법적인 폭력으로 대체하는 것이 아닙니다. 그것은 단지 권력이 권력과 결투하는 것, 승자의 자유, 패자의 복종이 걸려 있는 문제입니다."

호로둘프는 걸음을 멈추었다.

"그건 내가 의도하는 것과는 전혀 달라요."

그가 말했다.

"국가마다 얼마나 더 자유로운가, 덜 자유로운가의 차이가 있을 수 있잖아요."

몇 발자국 앞서 걷던 늙은이도 걸음을 멈추고 뒤를 돌아보며 정중하게 말하려고 애썼다.

"글쎄요, 그럴 수도 있겠지요."

그가 어깨를 으쓱했다.

흐로둘프는 어수룩하기는 해도 바보는 아니었다. 그는 화가 난 듯 (왕자인 자신은 화낼 권리가 있고 그 늙은이는 그럴 권리가 없다는 아이러니를 알지 못한 채) 말했다.

"정신이 똑바로 박힌 사람이라면 그 목적이 무엇이든, 폭력을 위한 폭력을 찬양하지는 않을 겁니다!"

늙은이는 다시 어깨를 으쓱하더니 유치한 미소를 지었다.

"하지만 아시다시피 저는 단순한 사람입니다."

그가 말했다.

"그리고 그게 바로 제가 하는 일이기도 합니다. 모든 체제는 사악합니다. 모든 정부도 사악합니다. 그것은 가볍게 보아 넘길 수 있는 사악함이 아닙니다. 잔혹한 사악함입니다."

비록 미소를 짓고 있기는 했지만 늙은이도 몸을 떨고 있었다.

"정부를 무너뜨리게 도와달라고 제게 말씀하신다면, 언제든지 기꺼이 돕겠습니다. 하지만 '보편적 정의'를 원하시는 거라면……."

그는 웃음을 터뜨렸다.

흐로둘프는 입술을 일그러뜨리고 늙은이의 어깨 너머를 골똘히 응시하고 있었다.

그럼에도 불구하고 흐로드가르의 조카 흐로둘프는 자신이 반쯤은 제거하고 싶어 하는 사촌들에게 늘 다정했다. 그는 우울하고 외로운 젊은이였고, 워낙에 낯을 잘 가리고 자신이 잘 아는 사람들 앞에서조차 어색해하는 젊은이였던 것이다. 사촌들은 서너 살 먹은 통통한 금발머리 아이들이었다. 그리고 프레아와루라는 사촌이 하나 더 있었다. 그 여자아이는 지금은 죽은 여자와 흐로드가르 사이에서 태어난 딸이었다. 그 여자아이가 흐로둘프에게 말을 걸면 흐로둘프는 얼굴을 붉혔다.

흐로둘프는 사촌들 사이에 앉아 아이들이 밥 먹는 것을 도와주었고, 아이들이 이야기할 때마다 대답은 거의 하지 않았지만 늘 미소를 짓고 있었다. 왕비는 가끔씩 그 세 사람을 흘긋 쳐다보았고 다른 사람들도 가끔 그들을 쳐다보았다. 그 사람들은 모두 미래에 일어날 일을 확신하지는 않았지만 어렴풋이 짐작은 하고 있었다. 촉촉하게 젖은 입술로 웃는 아이들을 보면서 그 누가 불타는 궁전을 상상할 수 있겠는가? 또 누가 아이들의 음악 같은 재잘거림을 들으면서 한밤중에 불에 타 울부짖는 소리를 떠올릴 수 있겠는가?

물론 늙은 흐로드가르는 예외였다. 난폭함과 수치심이 그 늙은이의 얼굴에 알 수 없는 평온함을 새겨놓았다. 나는 그자의 얼굴을 볼 때마다 혼란스럽고 불쾌한 감정이 치솟았다. 그는 뻣뻣한 팔을 팔걸이에 편안히 올려놓고 조각이 새겨진 의자에 조용히 앉아 있었다. 그의 밝은 눈은 이미 내가 올까 봐 연회장 문을 쳐다보는 것에 익숙해져 있었다. 누군가 말을 걸면 그는 정중하고도 온화하게 대답했다. 하지만 그의 마음은 저 먼 곳에, 살해된 용사들과 버려진 희망에 있었다. 그는 거인이었다. 젊었을 때에는 일곱 명을 상대할 수 있는 힘이 있었다. 하지만 지금은 아니다. 이제는 정신의 힘 말고는 남은 힘이 없다. 그리고 거기에는 즐거움이라고는 없다. 칼의 힘이라는 것이 그러하듯이. 그가 세우려 했던 문명이라는 것은 덫으로 가득한 어두운 숲으로 둔갑해 버렸다.

그는 흐로둘프가 자기 아들들에게 위험한 존재라는 것을 알고 있었다. 하지만 죽은 남동생의 유일한 혈육을 버릴 수는 없는 노릇이었다. 흐로드가르의 처남인 히그모드는 웨알데오우 때문에라도, 살아 있는 동안에는 자신을 위협하지 않을 것이다. 하지만 히그모드 역시 친구는 아니라는 사실을 그도 알고 있다. 그리고 그에게는 잉겔드라는 이름의, 헤아도바르드를 다스리는 자가 있다. 한때 흐로드가르가 그러했듯 그자도 살육으로 이름이 높다. 흐로드가르는 프레아와루를 통해 그와 거래할 생각이다. 하지만 그것이 성공할지에 대해서는 확신할 수 없다.

또한 흐로드가르에게는 보물 창고가 있다. 또 다른 덫이다. 누구나 자신을 따르는 부하들을 부유하게 만들기 위해, 그리고 자신의 왕국에 평화를 가져오기 위해 다른 곳을 약탈한다. 하지만 그가 안전을 위해 높이 쌓아놓은 보물 창고는 소문을 들은 또 다른 약탈자들의 미끼가 된다. 명민한 흐로드가르에게도 대안이 없다. 그의 잘못은 아니다. 남아 있는 계략이 없기 때문이다. 그래서 그는 동굴 속에서 쇠사슬에 묶인 사람처럼 출입문을 노려보거나, 멍하고 슬픈 눈으로 웨알데오우를 응시한다. 그녀는 또 하나의 덫이자 최악의 덫이다.

그녀는 젊기 때문에 자신보다 더 건강하고 젊은 남자에게 갈 수도 있었다. 게다가 그녀는 아름답기까지 하다. 앙상하고 떨리는 몸을 가진 이 비참한 늙은이에게 자신의 육체를 바치면서 시들어갈 필요가 없는 것이다. 그녀도 이 모든 것을 알고 있다. 그 때문에 흐로드가르의 고통과 죄의식은 더욱 깊어간다. 그녀는 그를 겁쟁이로 만드는, 자기 백성들에 대한 공포도 이해한다. 그래서 내가 그녀를 공격했던 날 밤, 그는 그녀를 위해 손가락 하나 까딱하지 않은 것이다. 그리고 그 공포의 실체에 대해서는 그도 확신하지 못한다. 아마도 자신의 이름과 명성을 계속 유지하려는 단순한 욕망에서 비롯된 것일 수도 있다. 그녀는 늙어간다는 그의 쓸쓸한 자기 인식도 이해한다. 심지어 —— 무엇보다도 가장 끔찍한 것인데 —— 평화란 수많은 고난을 거친 후에야 찾을 수 있는 것이며 그 어떤 궁극적 미래도 없는, 실패할 수밖에 없는 시도라는 흐로드가르의 깨달음까지도 이해한다. 그들은 고통 속에서 교훈을 얻었고, 매번 뼛속 깊이 자신의 굴욕과 수치와 하찮음을 발견했다. 앞으로도 그러할 것이다.

이 모든 것을 다 알면서도 왜 나는 그를 계속 괴롭히는 것일까? 왜 그를 되풀이해서 박살 내 한층 깊은 비통함으로 몰아넣는 것인가? 대답할 말은 없다. 다만 이렇게 생각할 뿐이다. 왜 그러면 안 되는 것인가? 그가 나의 호의에 상응하는 행동을 한 적이 있었던가? 내가 싸우지 말고 잘 지내보자고 한다면 과연 그가 나를 연회장으로 초대해서 이마에 입을 맞추고 벌꿀주 한 잔을 건넬 것인가? 하! 그의 고귀함, 그의 위엄, 그것은 모두 나의 작품이 아니던가? 이전에 흐로드가르는 어땠던가? 아무것도 아니었다! 허장성세와 멍청한 농지거리, 벌꿀주만 머릿속에 가득한 약탈자였을 뿐이다. 흐로둘프의 친구 '적마' 만큼도 고상하지 못했던 것이다. 그러니 내가 그를 박해하는 것에 대해 누구도 무어라고 할 수 없다!

지금의 흐로드가르는 내가 만든 것이다. 내게는 창조물을 시험할 권리도 없다는 말인가? 집어치우시지! 도대체 누가 나에게 변명을 요구하는 것인가? 너희들처럼 나도 기계다. 바로 너희 모두처럼. 피에 굶주리고 분노하는 것이 내 본성이다. 왜 사자가 적당히 성질을 죽이고 망아지가 되어야 한단 말인가? 어쨌든 나 또한 고난에 고난을 거쳐 내 자신의 굴욕을 깨달아 가고 있다. 이 뻣뻣한 관 뚜껑 같은 세상을 산산이 박살 내기 위해 내가 가지고 있는 유일한 무기가 바로 그것이다. 그래서 나는 달빛 아래에서 춤을 추고, 비열한 농지거리를 내뱉고, 분노의 고함을 내지르면서 밤을 뿌리째 뒤흔들어 놓는다. 이 모든 행위를 통해 어떻게든, 무엇이든 생성될 것이다. 그런 잔인한 슬픔의 에너지가 아무것도 낳지 못한다는 걸 믿을 수가 없다!

나는 흐로드가르가 꾸었을 법한 아주 끔찍한 꿈을 생각해 냈다.

<u>흐로드가르의 독백</u>.

또 그 꿈을 꾸었다. 젖은 숲에서, 어느 덤불에서,
갑작스럽게 온몸이 얼어붙어
꼼짝도 못하고 서서 나무에서 울려 나오는 소리가
사라지는 것을 들었다.

아무 색깔도 없는 이끼 낀 바닥이
나무들의 형상 사이로 내리는
깊은 빗물 아래 사라져간다.
나는 온몸이 굳은 채로 한층 길게 들리는
두 번째 울림을 잠시 더 맛보았다.

내가 그것을 길들여 잡을 수 있다면…….
잡을 수만 있다면…….
두 그루 나무가 하나로 자라나
줄기가 두 개인 검은 나무가
흐린 가지를 하늘로 던져 올린다.

보일 듯 말 듯 성장하면서 춤추던 두 개의 줄기가
서로를 완전히 빙 두르면서 만나고,
느릿느릿하게 비비 꼬인 상처를 만들어낸다…….
나는 그 상처를 본 기억이 있다…….
섬광(閃光)이 호를 그리며 공기를 가로지른다.
무거운 칼날이 날아온다. 나무의 일격.
쇠가 경련하는 중심으로 가라앉는다.

                    나는 이 꿈을 다시 꿀 것이다.

9

12월이다. 한 해 중 가장 어두운 밤이 다가오고 있다.
꿈에서 벗어나는 유일한 길은
꿈속으로 침잠하여 끝까지 가는 것이다.
나무는 죽었다.
낮은 죽은 자의 가슴에 박힌 화살 같다.
눈에 반사되는 햇빛으로 앞이 보이지 않는다.
열기 없이 타오르는 불이다.
파멸을 전조하는 창백한 불.
지류(支流)는 얼어붙었다.
사슴은 앙상한 갈비뼈가 드러났다.
나는 죽은 늑대를 찾는다.
털이 덥수룩한 꼬리와 발이 눈 위로 솟아 있다.
나무는 죽었고, 가장 심오한 종교만이
시간을 뚫고 나오는 나무의 부활을 믿을 수 있다.

하얀 눈빛에 도드라지는
새하얀 손 위 검게 베인 자국들.

마을에서 아이들이 바람에 날려 쌓인 눈 위에 등을 대고 누워 팔을 위아래로 저으면서 아래로 내려간다. 그러고는 날개 달린 동물이 된 것 같은 신비롭고도 불길한 인상을 남겨 놓은 채 일어서서 떠난다. 나는 잠에 빠진 거리를 지나 궁전으로 향하다 아이들과 마주쳤다. 그리고 걸음을 멈추고 입술을 질근질근 물어뜯으면서 아이들을 주의 깊게 살펴본다.

그들의 감정을 이해하는 척하지는 않겠다. 그저 나는 귀먹은 밤을 위해 그것을 하나하나 기록하고 비교해 볼 뿐이다.

무언가가 오고 있다. 봄처럼 야릇한 무언가가.

나는 두렵다.

탁 트인 언덕에 서 있는 나의 머리 위로 누군가 숨을 죽이고 걷고 있는 것만 같다.

나는 흐로드가르의 궁수들이 수사슴을 쫓는 것을 지켜본다. 발끝부터 귀까지 모피로 휘감은 어느 궁수가 어깨에 커다란 활을 메고, 눈으로는 짐승의 시커먼 발자국을 쫓으며 달빛에 비친 눈으로 빛나는 숲 속을 올빼미처럼 조용하게 걸어간다. 그는 나무가 빽빽한 언덕으로 올라가 정상에서 자신을 기다리듯 서 있는 수사슴을 발견한다. 머리 위 나뭇가지와 나무 위 별들처럼 사슴의 뿔도 미동 없이 꼿꼿하게 뻗어 있다. 다른 세상에서 비치는 빛이 담뿍 스며든 날개 같다. 수사슴도, 사냥꾼도 움직이지 않는다. 시간은 그들 안에 있다. 모래시계 안의 모래처럼 시간은 위에서 아래로 떨어진다. 모래시계를 거꾸로 놓는 손이 없다면 모래가 아래쪽에서 위로 올라갈 수 없듯이, 시간도 바깥으로 나가지 못한다. 그들은 막대 위에 쓰인 숫자들처럼 멈춘 채 서로를 쳐다보고 있다.

이윽고 남자의 손이 창백하고 기이한 빛을 뚫고 활을 향해 움직인다. — 째깍, 째깍, 째깍, 째깍. — 활을 쥐고 어깨에서부터 끌어내려 앞으로 돌린다(째깍째깍). 다른 손을 천천히 움직여 활을 바꿔 쥔다. 처음 손이 다시 어깨로 향해 (째깍) 화살을 꺼내어 활시위에 메긴다. 갑자기 시간이 수사슴을 향해 돌진한다. 사슴은 머리를 꿈틀하고 온몸을 부르르 떨더니 앞다리가 꺾여 털썩 쓰러진다. 죽은 것이다. 사슴은 그를 둘러싸 숨죽인 듯 고요한 세상의 가장자리로 내모는 차가운 눈처럼 그렇게 널브러져 있다.

그 이미지는 마치 종양처럼 나의 마음에 달라붙어 있다. 나는 거기에 수수께끼가 숨어 있음을 느낀다.

흐로드가르의 궁전 근처에는 쉴드족의 신들을 새긴 조각상들이 서 있다. 나무나 돌에 새겨진 그들의 기괴한 얼굴에는 내면을 노려보고, 실재하지 않는 무언가를 응시하는 눈이 박혀 있다. 햇불을 든 신부들이 조각상에 다가가 허옇고 부석부석한 머리를 공손하게 굽힌다.

"위대한 영혼이시여."

신부들 중 우두머리가 탄식한다.

"영적인 파괴자시여, 세상 끝을 어슬렁거리는 저 끔찍한 괴물을 죽이시어 쉴드족을 지켜주소서."

나는 팔짱을 끼고 미소를 지으면서 기다린다. 하지만 누구도 나를 죽이러 오지 않는다.

그들은 자기네가 달고 있는 수염만큼이나 조잡하고 불가해한 고어(古語)로 지어진 노래를 부른다. 그들보다는 나의 말에 더 가까운 언어이다. 그리고 조각상을 둥글게 감싸고 행진한다. 아마도 진짜 '위대한 파괴자'가 누구인지 잘 모르는 모양이다.

온순하고 늙은 얼굴들은 조각상마다 돌아다니면서 횃불을 들어 올리고 묻는다.

"당신입니까?"

"나는 아니다."

눈이 네 개 달린 머리가 속삭인다.

"나도 아니다."

단검 같은 이빨을 가진 늙고 교활한 얼굴이 속삭인다.

"나도 아니다."

늑대의 신이, 황소의 신이, 말의 신이, 돼지 코를 한 행복한 미소의 신이 말한다. 그들은 송아지를 칼로 찔러 죽인 다음 불태운다. 죽은 송아지가 아직도 꿈틀꿈틀 움직인다. 흐로둘프 왕자의 친구인 그 늙어빠진 농부가 심술궂게 속삭인다.

"옛날에 저자들은 처녀들을 죽이곤 했죠. 종교란 역겹기 짝이 없는 것입니다."

맞는 말이다. 늙은 신부들의 노래에는 확신이 없다. 단순히 보여 주기 위한 것에 불과하다. 흐로드가르의 왕국에 있는 사람 중 어느 누구도 자기 안에 신들이 살아 있다고 확신하지 않는다. 약자들이 의식(儀式)을 거행한다. —— 모자를 벗고, 다시 모자를 쓰고, 팔을 올리고, 팔을 내리고, 신음하고, 노래하고, 손바닥을 맞붙인다. —— 하지만 말도 안 되는 기대를 품는 사람은 아무도 없다. 강자 —— 흐로드가르, 운페르트와 같은 —— 는 조각된 신들을 무시한다. 권력의지가 마음의 종유석 안에 자리 잡고 있다. (헤어-캅프.[8])

몇 년 전에 나는 이곳을 별다른 이유 없이 때려 부쉈다. 나무로 된 조각상을 불쏘시개처럼 부수었고 돌로 된 조각상을 쓰러뜨렸다. 아침이 되자 신부들을 제외한 사람들은 내가 한 짓에 별로 괴로워하지 않는 것 같았다. 신부들은 슬퍼하면서 머리를 쥐어뜯었고, 기도할 때에는 난처한 듯 과장된 말만 늘어놓았다. 그리고 며칠이 지나자 사람들은 신부의 절규에 마음이 불편해졌다. 합리적인 사람들의 의견이야 어쨌건, 뭔가 불길한 일이 생길지도 모른다는 생각에 그들은 지렛대와 밧줄을 사용하여 돌 조각상을 다시 일으켜 세웠고, 내가 파괴한 나무 조각상을 대신할 새로운 조각상을 나무에 새기기 시작했다. 그들의 얼굴을 보았다면 그 일이 얼마나 지루한지 알 수 있을 것이다. 하지만 어쨌거나 필요한 일이기도 했다. 조각상들이 둥글게 세워지자 나는 다시 부수어버릴까 생각도 해봤다. 하지만 신들은 딱히 해롭지도 않은 데다 우둔하지 않은가. 나는 신경을 끄기로 했다.

나는 이제까지 신부들 몇몇을 잡아먹었다. 그들은 오리알처럼 속을 더부룩하게 한다.

　자정이다. 나는 신들이 둥글게 서 있는 곳의 한가운데 앉아서 명확하지 않은 생각을 곰곰이 좇고 있었다. 신들도 부드럽게 내리는 눈 위에서 곧추선 해골처럼 조용히 기다리고 있다. 흐로드가르 또한 눈을 뜨고 누워서 기다리고 있다. 웨알데오우는 흐로드가르 옆에서 자기 손을 그의 손에 가볍게 얹은 채 눈을 뜨고 누워 있다. 흐로둘프의 숨소리가 가빠진다. 악몽을 꾸고 있는 것이다. 궁전을 지키는 운페르트는 깜빡깜빡 졸고 있다. 그리고 셰이퍼는 자신의 커다란 저택에서 몸을 뒤척이고 있다. 열이 나는 것 같다. 그는 있지도 않은 누군가에게 떠듬떠듬 말을 건네고 있다. 신들은 눈 모자를 쓰고 있고 코에도 눈이 내려앉아 있다. 마을에는 불빛 하나 없다. 머리 위 별들은 구름에 가려 보이지 않는다.
　하지만 누군가가 깨어 있다. 나는 그가 눈을 헤치고 내게 다가오는 소리를 듣는다. 우주 속에서 천천히 움직이며, 다가오는 화살처럼 희미하게 위험을 알리며 누군가 오고 있다. 몸서리가 일었다. 그리고 나는 그를 보았다. 내가 느꼈던 공포에 실소가 터졌다. 그는 물푸레나무 지팡이에 몸을 기대고 걷는, 중풍에 걸린 늙은 신부였다. 그는 그 지팡이에 마법의 힘이 있다고 생각한다.
　"거기 누구요?"
　그가 가까이 오면서 피리 소리 같은 목소리로 외쳤다. 그는 검은 옷을 입었고 눈처럼 하얀 수염이 거의 무릎까지 늘어져 있었다.

"거기 누구요?"

그가 다시 말했다. 그리고 지팡이로 앞을 짚으면서 조각상들 사이로 몸을 내밀었다.

"여기 누가 있소?"

그가 낑낑거렸다.

"나다."

내가 말했다.

"파괴자시니라."

그의 몸이 격렬하게 흔들렸다. 그는 부들부들 떨고 있었다. 거의 쓰러진 것이나 다름없었다.

"신이시여!"

그가 낑낑대며 무릎을 꿇었다.

"아, 복을 주시는 신이시여!"

일말의 의심이 그의 얼굴을 스치는 듯했지만 그는 이내 그 마음을 억눌렀다.

"여기에 누가 있는 듯한 소리가 들렸습니다."

그가 말했다.

"저는 그것이……."

또다시 의심이, 이번에는 공포와 뒤섞여 나타났다. 하지만 그는 나를 흘긋 보더니 머리를 치켜 올리고, 있는 힘을 다해 자신의 보이지 않는 눈 너머를 꿰뚫어 보려 애를 썼다.

"저는 오크라고 합니다." 그가 확신 없는 목소리로 말했다.

"가장 나이가 많고 가장 현명한 신부지요."

나는 아무 말도 하지 않고 미소만 지었다. 저 늙은이의 솟구치는 피로 조각상을 칠갑해 버릴 작정이다.

"저는 신비한 것들을 모두 알고 있습니다." 신부가 말했다. "모든 것들을 심사숙고했던 유일한 사람이지요."

나는 아주 엄숙한 목소리로 말했다.

"우리도 자네가 있어 기쁘다네, 오크."

그러니까 갑자기 장난기 어린 생각이 떠오른 것이다. 때로 나는 장난기가 심하게 발동한다.

"신들의 왕에 대해 아는 것이 있으면 이야기해 보라."

"왕 말씀이십니까?"

그가 물었다.

"왕 말이다."

나는 웃음을 참고 말했다.

그는 여러 가능성들을 계산하면서 원칙을 찾아 머리를 굴리는 듯 눈먼 눈동자를 굴렸다.

"말로 표현할 수 없는 그의 아름다움과 위험에 대해 이야기해 보라."

나는 이렇게 말하고 기다렸다.

흰 눈이 조각상 위로 부드럽게 내려앉았다. 늙은 신부는 한쪽 무릎을 수염에 대고 고개도 들지 못한 채 엎드려 있었다. 중풍이 바깥에서 닥치는 것처럼, 마치 바람의 작용인 것처럼 온몸이 부들부들 떨리고 있었다.

"신들의 왕이란……."

그는 지력을 모으려고 애쓰면서 속삭였다.

마침내 그는 관절염이 심한 하얀 손으로 깍지를 낀 다음, 몽마(蒙魔)의 꽃을 올리듯 손을 들어 올리면서 말했다.

"신들의 왕이란 곧 궁극적 한계를 뜻합니다."

그는 울부짖었다.

"그리고 그분의 존재는 궁극적 부조리를 의미합니다." 한쪽 뺨에 경련이 일었고, 입술 끝이 바르르 떨렸다.

"그 한계의 원인은 어디서도 찾을 수 없습니다. 그 한계는 그분의 본성이 부과하는 것입니다. 신들의 왕께는 구체성을 띠지는 않습니다. 하지만 그분은 구체적 현실성의 근거입니다. 신의 본성에 대해서도 그 어떤 이유를 찾을 수 없습니다. 본성 자체가 합리성의 근거이기 때문입니다."

그는 자신이 잘하고 있는지에 대해 내가 어떤 반응이라도 보이길 기다리는 듯 고개를 기울였다. 하지만 나는 아무 말도 하지 않았다. 그는 목청을 가다듬었고, 보다 더 경건한 표정을 지었다. 다시 얼굴에 경련이 일어났다.

"신들의 왕은 현실적인 실체입니다. 그 실체를 통해 그 수많은 영원한 대상들이 발달 단계마다 등급이 다른 관계성을 획득하게 되는 것입니다. 그분을 떠나서는 어떤 새로운 관계도 있을 수 없습니다."

앞을 볼 수 없는 신부의 눈동자에 놀랍게도 눈물이 가득고였다. 눈물은 뺨을 타고 수염으로 흘러내렸다. 나는 당황하여 손가락을 입에 갖다 댔다.

"창조적 진보의 과정에서 최고신께서 의도하시는 목적은 새로운 강렬함을 불러일으키는 것입니다. 그분은 우리의 감정을 끌어내는 매혹물이십니다."

이제 그는 눈물을 펑펑 흘리고 있었다. 너무 격정적인 울음이라 목이 메었다. 나는 눈이 휘둥그레져서 그를 지켜보았다. 마디가 울퉁불퉁한 손이 심하게 떨렸다.

"그분께서는 모든 창조물의 목적을 정하시려는 영원한 욕망의 추진력입니다. 그분께서는 무한한 인내심을 가지고 계시며, 우주의 만물이 헛되지 않도록 온화하게 보살피십니다."

그는 격렬하게 몸을 떨면서 흐느끼기 시작했다. 나는 그저 추워서 저러겠거니 했다. 하지만 몸을 웅크릴 줄 알았던 그가 하늘을 향해 손을 뻗었다. 굵은 손마디는 나를 위협하듯 비틀려 구부러져 있었다.

"아, 시간의 지배를 받는 세상에서 궁극적인 악은 증오나 고통이나 죽음 같은 특정한 악보다도 더 심오합니다! 궁극적인 악이란 시간이 영원히 죽어간다는 것, 현실적인 것이란 제거를 수반한다는 것입니다. 악의 본성은 그러므로 두 개의 무시무시하고도 성스러운 명제로 요약될 수 있습니다. 하나는 '사물은 사라진다.'라는 것이고, 다른 하나는 '선택은 불가능하다.'라는 것입니다. 아름다움은 반대되는 것을 요구한다는 것, 부조화는 강렬하고 새로운 감정을 창조하기 위한 근원이라는 것, 이것이야말로 그분의 신비입니다. 우주의 엄숙함과 위대함은 다양한 존재들이 활용되는 완만한 통합 과정에서 나온다는 것, 그리고 그 속에서는 어떤 것도, 그 무엇도 제외되지 않는다는 것, 그것이 바로 궁극적 지혜입니다."

그 늙은이는 앞으로 팔을 축 떨어뜨리고는 감사의 마음으로 가득 차 흐느끼며 앞으로 엎어져 있었다. 나는 이제 어떻게 해야 하나 고민스러웠다. 하지만 어떻게 할지 마음을 정하기도 전에 다른 사람들이 다가오고 있다는 걸 알아차렸다. 늙은이의 절규를 듣고 온 것이었다. 나는 발끝을 세우고 오크 신부도 듣지 못하게 조심조심 조각상들 바깥으로 나가, 대장장이 앞치마를 두르고 무릎에 해골을 얹어놓은 어느 뚱뚱한 조각상 뒤에 숨었다.

그곳에 온 것은 오크의 동료 신부 셋이었다. 그들은 오크를 감싸고 허리를 숙여 쳐다보았다. 눈이 그들 위로 부드럽게 내리고 있었다.

첫 번째 신부: 오크, 자네 여기서 뭘 하는가? 늙은이는 편안한 침대를 지키고 있어야 한다고 씌어 있지 않은가!
두 번째 신부: 친구여, 괴물이 배회하는 한밤중에 돌아다니는 것은 아주 나쁜 습관이라네.
세 번째 신부: 노망난 거야. 저 늙은 머저리가 노망이 났다고 내가 이야기하지 않았나.
오크: 형제들이여, 나는 '위대한 파괴자'와 말씀을 나누고 있었다네!
세 번째 신부: 웃기고 있네.
첫 번째 신부: 신성모독일세! 책에 '너희들은 내 얼굴을 보아서는 안 된다.'라고 씌어 있지 않은가!
두 번째 신부: 아침 기도 시간에 어떤 꼴을 하고 있을지 생각해 보게!

오크: 그분께서는 지금 자네들만큼 내게 가까이 계셨네.

첫 번째 신부: '신부가 해야 할 일은 경배하는 것이니라. 신께서 하실 일은 신의 일이시니라.' 경전에 어떻게 씌어 있는지 알잖는가.

세 번째 신부: 아무튼 빌어먹을 바보라니까. 성령을 보려거든 공개적으로 하지 그랬나. 우리도 덕 좀 보게 말이야.

두 번째 신부: 사랑하는 친구여, 한밤중에 돌아다니는 건 좋은 일이 아니네. 사람은 자고로 규칙적으로 살려고 노력해야 하는 법이야.

오크: 하지만 나는 정말 그분을 뵈었네. 평생 공부하고 기도한 보답이 온 거야! 나는 그분께 '신들의 왕'에 대한 내 견해를 말씀드렸네. 그분께서는 부정하지 않으셨어. 내가 거의 맞는 말을 한 것 같네.

첫 번째 신부: 그 이론은 말도 안 되네. 의미 없는 사변일 뿐이야. 왜냐하면 경전에는…….

두 번째 신부: 사랑하는 친구여, 이제 우리와 함께 가세나. 나는 자정 너머까지 깨어 있는 걸 정말 싫어한다네. 다음 날이 모두 망가지니까. 다음 날이 되면 옷도 거꾸로 입고, 예배도 엉망이 되고, 먹는 것도 잘 못 먹고…….

세 번째 신부: 미치광이 신부는 정말 도움이 안 돼. 사람들 기분만 오싹하게 만든다니까. 저런 자 때문에 우리가 모두 가난뱅이 신세인 거야.

신부들의 이상한 대화를 들으면서 고개를 젓고 있으려니

또 다른 젊은 신부가 외투를 여미며 달려왔다. 그들은 고개를 돌려 짜증 나는 듯 젊은 신부를 쳐다보았다. 그자는 얼근히 술에 취한 것 같았다.

"뭐 하십니까?"

그가 외쳤다.

"세상에, 지금 뭐 하고 계시는 겁니까?"

그는 자신이 목격하고 있는 광경에 기뻐하면서 손을 내밀었다. 오크 신부가 자신이 본 것에 대해 이야기해 주었고, 젊은 신부는 환희에 휩싸여 그 이야기를 들었다. 오크가 말을 끝내기도 전에 젊은 신부는 무릎을 꿇고 앉아 손을 위로 뻗었다. 털이 보송보송한 입술은 찢어져라 미소를 짓고 있었다.

네 번째 신부: 복되도다! 아, 복되도다! (무릎으로 기어 오크에게 다가가 두 손으로 머리를 감싸고 이마에 키스를 한다.) 복된 오크 님이시여, 저는 두려웠습니다. 신부님의 냉혹한 합리주의가 두려웠습니다. 하지만 이제 알겠습니다! 이제는 알겠어요! 신의 의지입니다! 새로운 리듬이 만들어졌습니다! 단순히 합리적인 사유는 —— 설교하듯 말하는 것을 용서해 주십시오, 하지만 저는 이렇게밖에 말할 수 없습니다! —— 단순히 합리적인 사유만 한다면 정신은 폐쇄되고 굳어버린 체계 속에서 회복될 수 없을 정도로 불구가 되어버립니다. 그런 사유는 단지 과거로부터 추정되는 것일 뿐입니다. 하지만 이제 마침내 달콤한 환상이 오크 님의 복된 영혼 속에서 뿌리를 찾았군요! 부조리한 것, 감흥 없는 것, 섬뜩한 것, 두려운 것, 끔찍한 것,

황홀한 것 — 이것들은 이전에는 당신에게 들어설 자리가 전혀 없었습니다. 하지만 저는 그것들이 오고 있는 것을 보았어야 했습니다. 아, 그것들이 오고 있는 것을 보지 못한 제 자신이 정말 실망스럽습니다! 파괴자의 환영이라니! 그렇지요, 그겁니다! 우리가 그것을 알기 전에는 여러분은 소녀들에게 키스나 하고 계실 겁니다! 형제들이여, 이해하지 못하시겠습니까? 피와 정액은 격정적이고 불규칙하고 감정으로 곤두박질치는 난잡한 것입니다. 게다가 설명할 수 없을 만큼 매혹적입니다! 그것들은 초월합니다! 간극을 뛰어넘습니다! 아, 복되신 오크 신부님이시여! 신부님의 환영은 우리 모두에게 희망이 있다는 것을 증명하는 것이라고 저는 믿습니다!

그는 벌꿀주가 준 기쁨으로 충만해서 이렇게 미친 듯이 헛소리를 했다. 다른 세 신부들은 그를 상처 입은 뱀 쳐다보듯 내려다보았다. 오크는 몰래 코를 훌쩍거리면서 그를 무시했다.

나는 뒤로 물러났다. 그런 이야기를 들으니, 피에 굶주린 괴물의 욕망조차도 사그라졌다. 그들은 여전히 조각상들이 만들어내는 원 안에 있었고, 그들의 손과 수염 위로 눈이 부드럽게 내려앉고 있었다. 그자들의 형상과 지껄임을 제외하고는 마을은 쥐 죽은 듯 고요했다.

흐로드가르는 계속되는 기다림뿐인 시간의 시련을 견디기 위해 지금 휴식을 취하면서 잠들어 있다. 웨알데오우도 그 옆에 누워 고르게 숨을 쉬고 있다. 흐로둘프와 흐로드가르의 두

아들도 자고 있다. 중앙 연회장에는 열을 지어 늘어놓은 침대에 누워 파수병들이 코를 골고 있다. 운페르트는 예외다. 그는 부어오른 눈으로 자리에서 일어나, 잠이 덜 깨 정신없는 상태로 소변을 보러 문 쪽으로 가고 있다. 개가 짖는다. 물론 나 때문은 아니다. 나는 그것들에게 마법을 걸어놓았다. 운페르트는 개 짖는 소리도 듣지 못한다. 그는 눈이 소복이 쌓이고 있는 마을의 지붕들과 눈 덮인 황야, 눈 덮인 숲을 내다보고 있다. 그는 벽 뒤에 있는 내 존재를 알아채지 못한다. 눈은 여우 굴을 덮고 사슴의 자취를 묻으면서 숲 사이로 고요히 내리고 있다. 고개를 발 위에 얹고 잠을 자던 늑대가 내 발소리에 잠이 깨 눈을 뜨지만 고개를 들지는 않는다. 그는 잿빛 눈을 사납게 뜨고 내가 지나가는 것을 바라보다가 다시 잠을 잔다. 늑대의 굴도 눈으로 반쯤 묻혀 있다.

나는 온 세상이 시체 같은 겨울에는 그들을 거의 습격하지 않는다. 차라리 동굴에 가서 곰처럼 몸을 말고 잠을 자는 편이 현명할 것이다. 내 심장은 얼어가는 강물처럼 느리게 뛴다. 피 냄새도 거의 기억나지 않는다. 하지만 불안하다. 할 수만 있다면 시공간을 뛰어넘어 용에게 갈 것이다. 하지만 그럴 수 없다. 나는 얼굴에 달라붙는 눈을 팔등으로 닦으면서 천천히 걸어간다. 땅 위에는 눈발의 속삭임 말고는 아무 소리도 나지 않는다. 무엇인가가 기억난다.

지옥의 하늘 같은 무한한 공허. 나는 비비 꼬인 참나무 뿌리에 매달려 무한을 내려다본다. 아주 멀리, 태양이 보인다. 검지만 빛나고 있는 태양이. 그리고 태양 주위로 거미들이 천천히 회전하고 있는 모습이. 나는 눈에 보이는 것 때문에 당황하여 —— 하지만 흥분하지는 않고 —— 잠시 걸음을 멈춘다. 하지만 이제 다시 나는 숲 속에 있고, 눈이 내리고 있으며, 살아 있는 모든 것은 곤히 잠들어 있다. 그냥 꿈을 꿨나 보다. 나는 불안한 마음으로 다시 걷는다. 기다리면서.

10

권태는 가장 쓰라린 고통이다.

그저 스쳐 지나가는 계절을 곁눈질하는 우둔한 희생자.

태양은 여전히 머리 위에서 생각 없이 지나가고, 그늘도 거기에 맞춰 길어졌다 짧아졌다 한다.

"신들께서 우리를 즐겁게 하시려고 이 세상을 만드셨다!"
젊은 신부가 꽥꽥거리고 있다. 사람들은 고개를 숙이고 공손하게 그의 이야기를 듣는다. 어쨌든 사람들은 저자가 미쳤다는 사실에 그다지 감흥을 받지 않는 것 같다.
용의 냄새가 땅 위에서 퀴퀴하게 풍긴다.
세이퍼는 병들었다.

커다란 뿔이 달린 염소가 내가 있는 호수 쪽 바위로 올라오는 것을 지켜본다. 나는 그의 한없는 어리석음에 감탄해 버릴 지경이다.

"어이, 염소!"

나는 아래로 소리를 지른다.

"여기는 아무것도 없어. 돌아가."

그놈은 고개를 들고 나를 보더니 다시 고개를 숙이고 바위 틈과 얼음이 언 바위 부스러기, 미끄러운 바위 턱에 시선을 고정한다. 끈덕지게 바위에 오르면서. 나는 커다란 돌 하나를 들어 올려 놈 쪽으로 굴러떨어지게 한다. 그놈의 귀가 놀라서 쫑긋 서고, 몸이 뻣뻣하게 굳어서 허둥지둥 주위를 둘러보더니 펄쩍 뛰어오른다. 돌은 녀석을 비켜 굴러간다. 그놈은 돌이 떨어지는 것을 보다가 고개를 돌려 못마땅한 듯 나를 올려다보았다. 그러더니 고개를 숙이고 다시 바위에 올랐다. 어디든 올라가는 것이 염소가 하는 일이다. 그는 그렇게 하도록 되어 있다.

"아, 염소, 이 염소 놈아!"

나는 아주 실망한 듯 말한다.

"머리를 써! 여기는 아무것도 없다니까!"

하지만 그놈은 계속해서 오른다. 나는 그놈의 어리석은 행동이 더 이상 재미있지 않다. 갑자기 화가 치밀어 오른다. 이 호수는 나와 불뱀의 것이다. 이곳이 다른 것들에게 알려지면 어떡하나?

"내려가, 이놈아!"

나는 소리를 지른다. 하지만 그놈은 아무 생각 없이 기계적으로 계속 오른다. 왜냐하면 그것이 염소가 하는 일이기 때문이다.

"여기는 안 돼!"

나는 고함친다.

"기어오르는 게 신이 정해 준 의무라면, 차라리 궁전으로 기어올라 가!"

하지만 그놈은 계속 오른다. 나는 절벽 가장자리에서 죽은 나무 쪽으로 다시 뛰어가, 몸을 부딪혀 나무를 뽑은 다음 절벽으로 질질 끌고 왔다.

"내가 경고했지!"

나는 소리를 지른다. 이제 화가 머리끝까지 솟는다. 내 말이 메아리가 되어 돌아온다. 나는 나무를 옆에 놓고 그놈이 가까이 올 때까지 기다렸다가 그놈 쪽으로 밀어버린다. 나무는 굉장한 소리를 내면서 놈 쪽으로 비뚤비뚤 굴러떨어진다. 놈은 왼쪽으로 돌진했다가 방향을 바꿔 오른쪽으로 튀어오른다. 그러다가 큰 나뭇가지에 걸려 매매 울면서 순식간에 픽 쓰러진다. 그리고 다시 매매 울면서 바위 턱 쪽으로 버둥거리며 미끄러진다. 천천히 굴러가던 나무는 시야에서 사라졌다. 놈은 뾰족한 앞발로 땅을 파며 일어서려고 몸을 뒤튼다. 하지만 균형을 잡기도 전에 내가 던진 돌에 맞아 다시 고꾸라진다. 나는 이번에는 그놈이 제대로 뒤집혔는지 확인하려고 아래로 뛰어내린다. 놈이 다시 일어서 걸으려는 순간 내가 던진 두 번째 돌에 맞는다. 머리가 깨져서 뒤통수 쪽으로 피가 튄다. 하지만 놈은 아직도 쓰러지지 않았다. 눈도 보이지 않는 주제에 나를 위협한다. 산에 사는 염소를 죽이기란 쉽지 않다. 저놈들은 등뼈로 생각하나 보다. 죽음의 경련이 옆구리를 흔든다. 하지만 그놈은 비비 꼬인 거대한 뿔을 공중에서 뒤틀면서 나를 찍으려 한다. 나는 물러서서 그놈이 절대 오지 못하는 황야 쪽으로 기어올라 간다. 나는 이미 죽은 목숨인 짐승이 발악하며 위협하는 모습에 냉소를 짓는다. 그리고 돌을 하나 낚아채서 세게 던진다. 돌은 이빨이 튀어나올 정도로 그놈의 입을 박살내고 급소를 관통한다. 그놈은 무릎을 꿇었다가 다시 일어선다. 공기는 놈의 피 냄새로 향긋하다. 강풍이 나무를 뒤흔들듯이 죽음이 놈의 몸을 뒤흔든다. 그놈은 내게로 기어오른다. 나는 다시 돌을 집는다.

해 질 무렵 나는 사람들이 쉴드족 마을에서 일하는 모습을 지켜보았다. 소년과 개 들이 말과 황소를 강으로 몰고 가서 얼음을 깨고 물을 마시게 했다. 헛간에서는 남자들이 나무로 만든 갈퀴로 건초를 옮기고 여물통에 낟알을 채우고 배설물을 처리했다. 바퀴를 만드는 남자와 조수가 어두운 방에 웅크리고 앉아서 망치로 바퀴 중심에다 바큇살을 넣었다. 나는 마음이 밖으로 새어나가는 것처럼 그들이 투덜거리는 소리, 망치질하는 소리, 다시 투덜거리는 소리, 또 망치질하는 소리를 들었다. 음식 냄새가 났다. 나무에서 회색 연기가 엷은 잿빛 하늘로 천천히 솟아올랐다. 흐로드가르의 파수병들이 바위 절벽에서 바다를 내려다보고 있었다. 파수병들은 서로 엎어지면 코 닿을 거리에서 모피로 몸을 감싸고 말에 타 움츠린 채 앉아 있거나, 손을 비비고 발을 구르면서 돌출된 바위 턱 아래 서 있었다. 바다 쪽에서 공격해 오는 적국은 없을 것이다. 바다에서는 빙산이 떠다니다가 가끔 서로 부딪히기도 했다. 그러면 바다짐승의 한숨 같은 낮은 신음 소리가 났다. 어쨌든 파수병들은 왕이 깜빡 잊고 철회하지 않은 명령에 따르면서 바다를 쳐다보고 있었다.

사람들은 서로 이야기도 하지 않고 식탁에 몸을 기울여 음식을 먹었다. 식탁 중간에 켜져 있는 램프 불빛에 눈동자가 비쳐 반짝거렸다. 사람들의 다리 옆에서 개들이 먹을 것을 기다리며 위를 올려다보았다. 주방에서 음식을 나르는 소녀는 접시가 비워지기를 기다리면서 벽을 응시하고 서 있었다. 다른 사람들보다 먼저 식사를 마친 늙은 남자가 나무를 가지러 밖으로 나갔다. 나는 어느 할망구가 아이들에게 거짓말을 하는 것을 엿보았다. (할망구의 얼굴은 병을 앓고 있는 듯 어두웠고, 손등의 핏줄은 밧줄처럼 튀어나와 있었다. 청소를 하거나 음식을 하기에는 너무 늙은 할망구였다.) 할망구는 무사 서른 명을 대적하는 힘센 거인이 바다 건너에 살고 있다고 이야기했다.

"머잖아 그 사람이 여기에 올 거란다."

할망구가 아이들에게 말했다. 아이들의 눈이 휘둥그레졌다. 머리가 벗어진 늙은 남자가 접시에서 얼굴을 떼고 웃음을 터뜨렸다. 회색 털의 개가 그의 발에 몸을 기댔다. 그는 개를 발로 차버렸다.

태양은 염소처럼 기계적으로 납빛 수평선을 기어오른다. 매일 낮이 길어지고 있다. 아이들은 널빤지를 타고 언덕을 미끄러져 내려오며 기분 좋게 소리를 질러댄다. 황혼이 짙어지면 엄마가 아이들을 부른다. 몇몇은 거기 없는 척한다. 그림자가 아이들을 덮친다. (나 또한 덮친다.) 그러면 아이들은 영원히 사라진다.

 모든 것이 다 이렇게 흘러간다.

 어둡다. 셰이퍼의 집에서는 사람들이 엄숙한 표정을 하고 조심스럽게 왔다 갔다 하고 있다. 그들은 고개를 숙이고, 그가 꿈을 통해 자신들에게 무서운 유령을 보낼까 두려워 양손으로 깍지를 끼고 있다. 셰이퍼가 이곳에 올 때 함께 데리고 왔던 조수 — 그는 이제 성인이 되었다. — 는 셰이퍼의 침대 곁에 앉아서 하프로 낮은 곡조를 연주하고 있다. 셰이퍼는 착란 상태에서도 눈먼 고개를 돌려 하프 소리를 들으려고 몸을 일으킨다. 그는 어떤 여자가 오지 않았냐고 묻는다. 대답이 없다.

 왕은 왕비와 팔짱을 끼고 셰이퍼의 집을 방문했다. 흐로둘프도 아이들의 손을 잡고 흐로드가르보다 몇 걸음 뒤에서 따랐다. 흐로드가르는 연회장에서처럼 셰이퍼의 침대 곁에서 꼼짝 않고 앉아 있다. 그의 참을성 있는 눈동자가 셰이퍼를 응시하고 있다. 흐로둘프와 아이들은 입구에 있는 방에서 기다리고 있다. 왕비는 셰이퍼의 이마에 부드럽게 손끝을 갖다 댄다.

 셰이퍼는 램프를 가져다달라고 속삭인다. 램프는 이미 침대 옆 탁자에 있다. 조수가 램프를 가지고 오는 척한다.

"이제 좀 낫군요."

왕비가 공손하게 말한다. 왕도 한마디 한다.

"자네는 오늘 훨씬 좋아 보이네."

셰이퍼는 아무 말도 하지 않는다. 길 옆 덤불에 웅크리고 앉아서 엿보기를 좋아하는 구레나룻 기른 사람처럼 집 안을 들여다보던 나는 입술이 젖고 눈이 붉어졌다. 가슴은 의미 없는 고통으로 가득 찼다. 나는 셰이퍼의 심장이 서서히 멈추는 순간까지 이렇게 지켜보고 있다.

"그 멋진 노래는 다 어디로 갔는가?"

나는 밤에게 속삭였다. 그리고 소리 없이 웃었다. 늘 그렇듯이 밤은 아무런 대답도 하지 않는다.

셰이퍼는 침대에 기대 앉아 이불 위에 하얀 손을 포개고 미동도 없이 앉아 있다. 한때 환영으로 거미줄을 지었던 그의 눈동자도 감겨 있다. 하프를 손에 들고 옆에 앉은 젊은 조수도 더 이상 하프를 켜지 않는다. 왕과 왕비는 충실하게 기다린다. 아마도 머릿속으로 시간을 세고 있을 것이었다. 그리고 검은 옷을 입은 곱사등이 약제사는 —— 얼굴 한쪽에서 팽팽하게 경련이 일어나고 있는 —— , 한때 왕의 시인이었던 셰이퍼에게 더 이상 도움이 되지 못하는 그 약제사는 손을 비비면서 천천히 오간다. 그는 자신이 다른 곳으로 자유롭게 갈 수 있도록 셰이퍼의 목에서 부드럽고도 건조하게 숨넘어가는 소리가 새어 나오기만 기다리고 있다.

셰이퍼가 입을 연다. 그들은 그에게 가까이 몸을 기울인다.

"그때가 오는 것이 보입니다."

그가 말한다.

"덴마크인들이 다시 한 번……."

그의 목소리가 서서히 잦아든다. 곤혹스러운 기색이 그의 이마 위를 스친다. 그는 그 흔적을 지우려는 듯 한쪽 손을 힘없이 들어 올린다. 하지만 손이 이마에 닿기도 전에 이불 위로 떨어진다. 그는 고개를 조금 들어 누군가의 발소리를 들으려 한다. 하지만 아무런 소리도 들리지 않는다. 고개가 뒤로 맥없이 젖혀진다. 손님들은 계속 기다리고 있다. 그가 죽은 걸 실감하지 못하는 듯하다.

또 다른 집에서는 조각이 새겨진 커다란 테이블에서 왕비보다 덜 붉은 머리칼을 가진 중년 여자가 램프 앞에 앉아서, 셰이퍼가 그러했듯이 누군가의 발소리에 귀를 기울이고 있다. (그녀는 눈과 눈썹이 마치 칼에 베인 자국처럼 일자로 붙어 있다.) 귀족 계급인 그녀의 남편은 옆방에서 자기 심장 소리를 듣는 것처럼 머리를 팔로 괴고 잠들어 있다. 그녀는 내가 늘 감탄하며 바라보는 귀부인이다. 그녀는 정절과 예의바름 그 자체다. 그녀가 말을 할 때면 셰이퍼는 백발 머리를 숙여 아무 것도 보이지 않는 눈으로 바닥을 응시했다. 때때로 돌아오는 배에서 난파당한 영웅들에 대해 셰이퍼가 노래할 때면 분명 그녀를 향해 부르는 노래라는 것을 알 수 있었다. 하지만 아무 일도 일어나지 않았다. 그녀는 늘 남편의 팔을 잡고 궁전을 떠났고, 그녀가 지나갈 때면 셰이퍼는 공손하게 허리를 숙여 절하곤 했다.

누군가가 다가오는 소리가 들린다. 나는 어두운 그늘에 숨어서 지켜본다. 셰이퍼의 조수가 보낸 사람이 현관으로 가서 노크를 하려고 손을 문에 갖다 대자마자 문이 열리고 그녀가 나타났다. 그녀는 그를 빤히 쳐다본다. "그분께서 돌아가셨습니다." 하고 그가 말한다. 그녀는 고개를 끄덕인다. 그가 사라지자 그녀는 계단으로 나와서 아무런 표정도 없이 팔짱을 끼고 서 있다. 그녀는 연회장으로 가는 언덕을 올려다보고 있다.

"우리도 언젠가 죽겠지."

나는 이렇게 속삭이고 싶다.

"슬프도다! 비통함이여!" 하지만 나는 참는다.

바람만이 살아 움직이면서 그녀의 뚱뚱하고 처진 엉덩이와 가슴 위 옷을 짓누른다. 그녀는 침대에 죽어 있는 그 남자처럼 꼼짝도 하지 않고 있다. 그녀를 낚아채 버리고 싶다. 그녀의 꽥꽥거리는 비명이 고드름 달린 밤의 장벽 위에서 춤추겠지! 하지만 나는 물러선다. 그리고 셰이퍼의 집을 한 번 더 들여다본다. 늙은 여자들이 그를 수습하는 중이다. 그가 가는 곳을 보지 못하게 금화를 눈꺼풀 위에 올려놓는다. 늘 그렇듯 만족하지 못한 채 나는 집으로 조심조심 돌아간다.

물론 내 동굴에서는 권태로움이 더 심하다. 어미는 더 이상 제정신이 아닌 것 같다. 때로는 두 발로, 때로는 네발로 기면서 무엇이 급한지 앞뒤로 왔다 갔다 한다. 어두운 이마는 새로 간 밭이랑처럼 골이 패어 있고, 눈은 포획된 독수리처럼 광기로 번득거린다. 내가 동굴로 들어갈 때마다 어미는 나를 영원히 자신에게 가둬버릴 것처럼 나와 문 사이를 돌아다닌다. 어느 정도는 참고 지켜봐 준다. 내가 잠이 들면 어미는 나를 꼭

껴안아 엉겅퀴 같은 털 속에 반쯤 파묻는다.

"둘, 둘."

어미가 끙끙거린다. 그리고 침을 질질 흘리면서 흐느낀다.

"와로비쉬."

어미는 끙끙거리면서 괴로워한다. 털 한 타래가 발톱에서 떨어져 나온다.

나는 어미의 잿빛 피부를 본다. 구석에서 냉정하고도 객관적으로 어미를 관찰한다. 이제 셰이퍼도 죽었고, 자꾸 이상한 생각이 들기 시작한다. 나는 과거의 과거됨에 대해 생각한다. 내가 살아왔던, 유폐되었던, 어둠 속 지하로 흐르는 강으로 천천히 곤두박질하듯 움직여 왔던 순간들. 고대의 역사 — 형제들 사이의 불화로 점철된 신화 시대 — 뿐만 아니라 일 초 전 나 자신의 역사도 이제 완전히 사라져 존재하지 않게 되었다. 쉴드 왕의 위대한 업적은 '과거의 한때' 존재했던 것이 아니다. '과거의 한때'라는 것은 수사(修辭)에 불과하다. 그것은 아예 존재하지 않는 것이다. 오 년 전, 혹은 육 년 전, 아니 십이 년 전의 내게 있던 사악함이라는 것도 이제는 존재하지 않는다. 말의 전지전능함으로 학살된 세상을 희생시키면서 나는 지금 중얼거리고, 또 중얼거린다.

나는 교활함을 회복하기 위해 기억을 더듬는다. 내가 아주 작았고 그런 나를 어미가 부드럽게 팔로 안았을 때를 가까스로 기억해 낸다. 아아, 죽어버린 그 수많은 세월동안 나는 어미를 얼마나 사랑했던가! 연회장 바깥에서 웅크리고 앉아 셰이퍼의 기이한 노래를 처음 들었던 때도 생각난다. 아름다움!

성스러움! 내 가슴은 얼마나 뛰었던가! 셰이퍼는 이제 죽었다. 나는 그를 붙잡아 놀리고 고문하고 조롱했어야 했다. 노래를 부르고 있는 도중에 그의 해골을 산산조각 내서, 마치 음이 급격하게 변하듯이 연회장 바닥을 그의 피로 흥건하게 물들여 놓았어야 했다. 한 번 놓쳐 버린 나쁜 행동은 결정적 손실로 영원히 남는다.

　나는 당연히 그의 장례식에 가야겠다고 결심한다. 어미는 나를 막아선다. 나는 아이 다루듯이 부드럽게 어미의 겨드랑이를 잡고 들어 올려 옆으로 옮겨 놓는다. 어미의 얼굴이 부들부들 떨린다. 아마도 공포와 자기 연민 사이에서 번민하는 것이리라. 어미가 무언가를 알고 있다는 생각이 잠시 스쳐 지나가지만, 이내 그럴 리 없으리라 생각한다. 미래는 과거처럼 어둡고 비현실적이다. 냉정하게, 객관적으로, 나는 어미가 떠는 모습을 바라본다. 뱀장어에 물려서 온 근육이 마비된 것 같다. 나는 어미를 밀친다. 어미는 얼굴이 엉망이 되어 소리를 지른다. 나는 호수로 달려가 뛰어든다. 하지만 여전히 어미의 목소리가 들린다. 내일이면 잊을 것이다. 그래서 어미의 고통은 나와 하등 상관없는 문제가 될 것이다.

　그래서 나는 장례식장으로 간다.

　셰이퍼의 조수는 셰이퍼가 애지중지했던 하프를 감싸고 노래를 불렀다. 호크와 힐데부르흐[9], 흐네프[10], 헹게스트[11]에 대해, 퓐의 무사들이 힐데부르흐의 종족들과 어떻게 싸웠는지, 퓐이 흐네프를 어떻게 죽였는지, 그 뒤 어떤 끔찍한 일들이 일어났는지에 대해 노래했다. 퓐에게 신하들이 거의 남지 않고,

적들 또한 왕이 죽자 그들은 서로 평화 협정을 맺는다. 그 내용은 퓐이 왕 없는 덴마크인들의 군주가 되어야 한다는 것이었다. 왜냐하면 신하 없는 왕은 의미가 없고, 왕 없는 신하는 추방자밖에 될 수 없기 때문이었다. 그래서 양쪽은 평화를 지킬 의무를 맹세하고 서약을 했다. 그래서 주트족의 나라에도 겨울이 왔다.

사람들은 늙은 셰이퍼의 노래가 젊은 조수의 입에서 흘러나오는 것을 조용하고 엄숙하게 듣고 있었다. 셰이퍼가 누워 있는 곳의 장작더미도 불이 피워지기를 기다리고 있었다. 죽은 자는 팔짱을 끼고 있었고 얼굴은 얼어붙은 것처럼 푸르고 뻣뻣했다. 장작더미 옆에는 얼음이 반짝거리고 있었다. 세상이 온통 하얗다.

> 젊은 헹게스트는
> 학살로 얼룩진 겨울 내내 슬픈 마음을 안고
> 퓐 왕의 곁에 머물렀노라. 그는 고향을 생각했노라.
> 하지만 이물이 굽어진 배를 몰아
> 어두운 바다로 나갈 수 없었노라.
> 바다 공기는 바람에 어둑어둑하게 일렁거렸고,
> 파도는 얼음에 갇혔기 때문이었노라.
> 그리고 또 다른 계절이 당도하고,
> 세월이 그러하듯 또 다른 해가 당도하여,
> 때를 기다리며 날씨는 밝게 빛났노라.
> 겨울은 가고 대지의 품도 아름다워졌고,

그곳에서 본의 아니게 손님이 되어버린
유랑자 신세 헹게스트도 고향으로 가기를 열망했노라.
하지만 얼음의 쇠사슬이 땅을 가두었을 때,
헹게스트의 마음도 함께 묶였노라.
고향보다 복수가 그를 더 애타게 불렀노라.
헹게스트는 마음속으로 싸움을 갈망했고,
그래서 싸움이 일어났노라.
그러자 대담한 왕 핀은 피투성이가 되어 쓰러졌고,
그의 가신들도 쓰러졌노라.
그들은 왕비를 다시 되찾았노라.
그리고 핀 왕은 거절하지 않았던
수많은 장신구들을 가득 싣고
덴마크 용사들은 고향으로 돌아왔노라.
남자들의 이중의 맹세도 곧 씻은 듯 사라졌노라.
봄비가 들보 아래로 방울져 떨어졌노라.

  이렇게 그는 시선을 아래로 떨군 채 노랫말을 기억하고 반복하면서 손으로 가볍게 하프를 퉁겼다. 왕은 메마른 눈으로 노래를 들었다. 그의 마음은 먼 곳에 가 있었다. 흐로둘프 왕자는 흐로드가르와 웨알데오우의 아이들과 함께 서 있었다. 그의 얼굴은 눈동자에 깃든 것과 같은 비밀을 감추고 있었다. 남자들이 장작을 땠다. 운페르트는 돌 같은 눈동자로 불꽃을 바라보았다. 나 또한 할 수 있는 한 오래도록 장작불을 바라보았다. 그것은 아무런 색깔도 없는 것 같았다. 밝은 눈과 얼음 사이에서 강렬하게 빛날 뿐이었다. 불은 마치 살코기나 시체를 원하는 배고픈 짐승처럼 순식간에 높이 타올랐다. 신부들은 장작불 주변을 천천히 걸으면서 고어로 된 기도문을 암송했고, 검은 옷을 입은 사람들은 검은 옷을 입은 신부들을 무시하면서 울부짖었다. 나는 이제 아무런 환영도 보지 못하는 셰이퍼의 머리가 불타오르는 것을 지켜보았다. 귀와 입 주변에서 검은 피가 뚝뚝 떨어졌다.

'한 시대의 종말이다.'라고 나는 왕에게 말하고 싶었다.

이제 다시 우리는 혼자다. 버림받은 채로.

나는 깜짝 놀라 잠에서 깼다. 아직도 염소가 호수 쪽 절벽을 기어오르며 내는 소리인가 하는 생각이 들었다. 바다 저 멀리에서 무언가가 삐걱거리는 소리를 냈다.

어미도 무슨 소리를 냈다. 나는 정신을 쥐어짜 무슨 소리인지 알아들으려 애썼다. **물고기를 조심해라.**

나는 자리에서 일어나 밖으로 나갔다. 아무것도 기대할 것이 없다는 것을 알면서도 왠지 모를 불안한 기대로 가득 차서.

내가 황야의 유일한 괴물은 아니다.

나는 바람처럼 거친 늙은 여자를 만났다.

자정의 동굴에서 하얀 옷을 입고 나와 걸어 다니고 있었다.

옷은 누더기였고, 몸은 뼈가 앙상했다.

그리고 그 눈, 살해당한 듯한 눈…….

용이 풍기는 냄새.
늘 그렇듯 봄이 올 때까지 전쟁을 그만두고 잠을 자야 한다. 하지만 잠을 자도 공포에 질려 깨어난다. 양손은 목을 감싸 쥐고 있다.
멍청한 짓이다.
'무(無)로부터는 아무것도 생기지 않는다.' 라고 나는 늘 말한다.

11

 기뻐 미치겠다. 어찌 됐든 기쁜 일이라고 생각한다. 낯선 자들이 왔고, 그건 완전히 새로운 사냥감이 생겼다는 뜻이기 때문이다. 나는 얼어붙은 지류 위 얼음에 입을 맞추고, 귀를 갖다 댄다. 발아래 흐르는 물에게 감사하기 위함이다. 왜냐하면 그들이 물길로 왔으니까. 거대한 손이 부드럽게 젖혀 놓은 것처럼 빙산이 갈라졌고, 그 사이로 배가 들어왔다. 바다를 갈망하며 목에선 거품이 이는, 백조가 다니는 길을 달리는 하얀 돛을 단 배가 새처럼 날아서 들어왔다! 아, 행복한 그렌델이여! 암소처럼 비대한 갑옷 차림의 오만하고 찬란한 영웅이 열다섯씩이나 되다니!

 나는 어두운 동굴에 누워 있을 때 그들이 오는 것을 느낄 수 있었다. 그 기이한 느낌이 당황스러워서 이유를 알기 위해 눈을 가늘게 뜨고 어두침침한 동굴 구석구석을 살펴보았다. 예전에 용에게 끌렸듯이 지금 나는 그것에 끌리고 있다. 그것이 온다! 나는 말했다. 세상의 지붕 위를 돌아다니는 숨죽인 발소리를 그 어느 때보다 똑똑하게 들을 수 있었다. 심지어 그것이 실은 내 심장 소리라는 것을 깨닫고 나서도, 무언가가 오고 있다는 것을 그 어느 때보다 강하게 확신할 수 있었다.

나는 자리에서 일어나 돌처럼 굳은 고드름을 지나 호수와 물에 잠긴 문으로 향했다. 어미는 나를 막지 않았다. 호수에 이르자, 이상하게도 불뱀들이 나를 보고 당황하여 쉭쉭거리며 사방으로 튀어 나갔다. 그것들도 감지했는지 모른다. 그 소리. 규칙적인, 인간의 것이라고 하기엔 지나치게 규칙적이고 무자비한 소리. 그래서 나는 새벽이 오기 한 시간 전에 거인의 작품이라 불리는, 바위로 된 방조제 밑 그늘에 움츠렸다. 썰물이었다.

납처럼 잿빛을 띤 바다는 조용히, 완고하고도 섬세하게, 얼어버린 회색 자갈돌을 빨아 당겼다. 잿빛 바람이 헐벗은 나무를 희롱했다. 머리 위 회색빛 하늘에서 바닷새가 우는 소리와 얼음처럼 차가운 파도 소리를 제외하고는 아무런 소리도 들리지 않았다. 삼 미터쯤 떨어진 곳에서 길고 검은 고래 그림자가 지나쳐 갔다. 등 뒤에서 하늘이 밝아오고 있었고 그때, 배가 보였다.

그자들이 다가오는 것을 본 것은 나만이 아니었다. 말 옆에서 모피로 몸을 감싸고 서 있던 덴마크의 해안 파수병이 눈부신 빙산을 피해 손그늘을 만들고는, 낯선 자들이 뭍으로 빠르게 다가오는 것을 보았다. 나무로 된 용골이 모래를 치면서 해안 자갈돌에 움푹 팬 자국이 났다. 전체 배 길이의 반 정도인

십 미터도 넘는 자국이었다. 그리고 나서 낯선 자들이 늑대처럼 재빠르게 — 하지만 기계적이고도 무시무시하게 — 배 바깥으로 뛰어나왔다.

그들은 바다와 하늘과 돌처럼 잿빛을 띠고 얼음에 굳어 뻣뻣해진 밧줄을 가지고 있었다. 그들은 배를 정박했다. 그러는 동안 그자들이 입고 있는 쇠사슬 갑옷이 덜거덕거렸다. 그들은 죽은 사람처럼 걸었고 서로 아무런 이야기도 나누지 않았다. 그들은 키 손잡이를 고정하고 닻을 내린 다음, 창과 도끼를 배에서 내렸다. 파수병이 창을 낚아채고 말에 올라타서 그들이 있는 곳으로 요란스럽게 달려 내려왔다. 말발굽에서 불꽃이 일었다. 나는 웃었다. 만일 저자들이 전쟁을 벌이러 이곳에 온 거라면, 저 파수병은 이미 죽은 목숨이다.

"그렇게 쇠사슬 갑옷을 입고 무장을 하여, 차가운 겨울 바다를 헤치고 바닷길을 따라 높은 배를 타고 이곳 덴마크 영토에 온 그대들은 누구인가?"

파수병이 물었다. 바람이 그의 말을 그자들에게 실어 보냈다.

나는 허리를 굽히고 소리를 죽여 요절복통했다. 어찌나 우스운지 허리가 끊어질 지경이었다. 낯선 자들은 마치 나무 같았다. 그리고 그들의 우두머리[12]는 숲을 거느리고 파수병에게 다가가는 거대한 산 같았다. 하지만 파수병은 그들에게 창을 던졌다. 누군가를 공격하기 전에 용감하게 덤빌 것임을 암시하는 행동이다.

"잘한다!"

그렌델

나는 싸울 자세를 취하고 속삭였다.

"저자들이 가까이 오면 다리를 물어버려!"

그는 낯선 자들에게 화를 내고 꾸짖으며 무슨 종족인지 밝히라고 요구했다. 그들은 팔짱을 낀 채로 그의 말을 듣고 있었다. 바람이 더 차가워졌다. 마침내 파수병의 이야기가 끝났고 --- 그는 안장에 몸을 구부리고 주먹으로 기침을 해댔다. ── 우두머리가 대답했다. 그의 목소리는 강했으나 온화했다. 바람이 불 때 메마른 나뭇가지와 얼음에서 나는 소리처럼 가라앉고 생기 없는 목소리였다. 얼굴도 이상했다. 그 얼굴을 보고 있으니 마음이 서서히 불안해졌다. 그 얼굴은 마치 꿈에서 보았으나 까맣게 잊고 있었던 얼굴 같았다. 그의 시선은 아래로 비스듬히 기울어져 있었다. 뱀처럼 무감각하고 깜빡거리지도 않는 눈이었다. 수염도 거의 없었다. 이야기를 할 때면 미소를 지었지만, 부드러운 목소리와 앳되되 슬쩍 비꼬는 듯한 미소는 무언가를 감추고 있는 것만 같았다. 번개가 나무들을 쓰러뜨리듯 절벽을 폐허로 만들어버릴 마법의 힘 같은 것 말이다.

"우리는 예이츠족이오."

그가 말했다.

"그리고 히옐락 왕의 심복이오. 내 부친에 대해서는 들어보았을 것이오. 에즈데오우라는 유명한 분이셨소."

정중하게 말하고 있기는 하지만 이 모든 상황에 무관심한 듯 그의 마음은 딴 데로 가 있는 것처럼 보였다. 그는 덴마크에서뿐만 아니라 그 어느 곳에서도 이방인일 것 같았다. 그가 계속 말했다.

"우리는 덴마크를 보호하시는 그대의 군주, 호로드가르 왕께 우정 어린 알현을 드리러 왔소."

그는 잠시 말을 멈추고 고개를 기울였다. 수세기가 흘러간 것처럼 느껴졌다. 마침내 어깨를 으쓱하면서 그가 말했다.

"그러니 우리를 잘 이끌어주시오. 우리는 아주 중대한 임무를 띠고 왔소."

그의 미소에 비치는 조소의 기운이 더욱 짙어졌다. 이제 그는 파수병이 아니라 파수병의 말(馬)을 쳐다보고 있었다.

"잘 숨겨지지 않는 일이 있는 법이오. 우리가 고국에서 들은 바가 사실이라면 — 어떤 종류인지는 모르지만 — 어느 악한이 밤마다 그대들의 궁전에 몰래 침입하여 사람들을 죽이고, 무슨 이유에서인지 당신네 전사들을 조롱하고 있다고 들었소. 만일 그렇다면……."

그는 말을 멈추고 눈썹을 살짝 치켜 올리면서 파수병을 흘긋 쳐다본 다음 미소를 지었다.

"나는 호로드가르 왕에게 조언을 드리려 하오."

그자가 어떤 조언을 할지는 뻔하다. 그자의 가슴은 화덕처럼 넓었고, 두 팔은 대들보 같았다.

"올 테면 와봐!"

나는 속삭였다.

"한 대 쳐봐! 네 멋대로 해봐!"

하지만 나는 약간 주눅이 들어 있었다. 그자의 기괴한 근육질 어깨를 바라보자니 심란했다. 그자의 어깨는 약간 굽어 있었고, 추위에도 맨살을 드러내고 있었으며, 상어 뱃가죽처럼 반들거리고 말의 어깻죽지처럼 힘줄이 불끈거렸다. 그 어깨를 쳐다보는 것만으로도 실신할 것 같았다.

그는 위험했다. 하지만 나는 갑자기 살아 있음을 느끼며 흥분에 휩싸였다. 그는 계속해서 말했다. 하지만 나는 그의 이야기를 듣지 않고 단지 그의 입만 바라보고 있었다. 그자의 입술은 말과는 상관없이 움직이는 것처럼 보였다. 그자의 몸 또한 끝을 알 수 없이 더 끔찍한 무언가를 숨기고 있는 위장막처럼 보였다.

파수병은 말을 돌려 그들을 돌로 포장된 길이 시작되는 곳까지 안내했다. 눈 더미 사이로 난 길은 바다처럼 잿빛이었다. "사람들에게 당신들의 배를 지키게 하겠소." 하고 파수병이 말했다. 그는 마을 위 언덕 꼭대기에 높이 솟아 있는 연회장을 가리켰다. 그런 후 파수병은 돌아갔다. 바다처럼 창백한 낯선 자의 눈은 아무것도 보고 있지 않았다. 그와 일행은 엄숙하고 불길한 북소리처럼 무기와 쇠사슬 갑옷이 부딪치는 소리를 울려대며 계속 나아갔다. 그자들은 거대하고 기이한 기계처럼 하나가 되어 움직였다. 햇빛이 그자들의 투구와 얼굴 보호대를 비추었고 창끝에서 눈부시게 번쩍거렸다. 나는 그자들을 뒤따르지 않았다. 나는 오래전에 죽은 거인들이 거닐던 폐허를 서성이면서 그 낯선 자들이 연회장에서 무엇을 하는지 알고 싶어 마음을 조였다. 하지만 지금은 대낮이다. 그곳에 올라가 엿보는 것은 바보 같은 짓이다.

동굴로 돌아가서도 그자들이 두려운지 아닌지를 분간할 수 없었다. 햇빛에 너무 오래 노출되어 머리가 지끈거렸고, 손에도 힘이 없었다. 그자들은 잠이 든 것 같았다. 나는 무슨 이유에서인지 동굴 안에서 들리는 소리에 이상하리만치 예민해졌다. 삼십 미터 아래 지하로 흐르면서 벽에 난 틈을 넓히고, 깊디깊은 곳으로 흘러가는 강물 소리가 들렸다. 수백 년에 걸쳐 만들어지는 석순이 똑똑 떨어뜨리는 물방울 소리도 들렸다. 그 석순은 백 년 동안 기껏해야 일 인치 정도 자랄 것이다. 그리고 동굴 속 방을 세 개 건너면 있는 샘에서 물이 튀는 소리도 들린다. 그곳은 벽화가 돌에 반쯤 묻혀 있는 곳으로, 천정을 뚫고 샘이 솟아 나온다. 비몽사몽간에 나는 내가 동굴 자체가 되어버린 기분이 들었다. 내 생각은 나만의 기이한 계곡 아래로 흘러내리고 있었다……. 어쩌면 그것은 생각보다 더 오래되고 어두운, 아무 생각 없는 곰의 기계적인 습성이나 늑대, 나무의 황혼 녘 명상만큼 오래된 그 어떤 충동일 것이다…….

이 모든 것이 무엇을 의미하는지 누가 알겠는가? 잠든 것도 깬 것도 아닌 상태에서 내 가슴은 기쁨과도 같은 흥분에 휩싸였다. 나는 그 낯선 자들이 두려운지 아닌지를 생각하려고 애썼다. 하지만 그런 생각은 아무런 의미가 없었다. 그것은 비현실적이다. 마치 나무가 보이는 창문에 걸쳐 있는 거미줄 몇 가닥처럼 실체가 없다.

나는 때로 사람들이 이해할 수 없는 행동을 하는 것을 지켜보았다. 아내와 일곱이나 되는 자식이 있고, 현명하며 열정에 좌우되지도 않으며 어리석은 짓 따윈 하지 않는 것으로 유명한 목수 —— 늘 규칙적으로 생활하고 몸가짐도 기품 있으며,

열심히 일하는 숙련공인(그는 가장자리도 자로 잰 듯 정확하게 자르고, 못도 너덜너덜하지 않고 깔끔하게 박으며, 홈이 패거나 틈이 생기게 하지도 않았다.) — 가 어느 날 가족들이 잠든 사이 마을 끝에 있는 집에서 살금살금 걸어 나와, 숲을 가로지르는 눈 덮인 길을 질주하여 어느 사냥꾼의 집으로 갔다. 그 사냥꾼은 외출한 상태였다. 사냥꾼의 아내는 그를 받아들였고, 그는 수탉이 울 때까지 그녀와 뒹굴었다. 그러고 나서 다시 자기 집으로 도망치듯 뛰어갔다. 왜 그러는지 누가 알겠는가? 권태란 가장 쓰라린 고통인 것이다.

정신은 세상을 토막 내듯 펼쳐놓고, 숨죽인 피는 복수를 기다린다. 내가 이해하기로 모든 질서는 이론적인 것이며 비현실적인 것이다. 두 개의 거대하고 어두운 현실이자 두 개의 뱀 구덩이와도 같은 자아와 세상 사이를 미끄러질 때 쓰곤 하는, 무해하게 미소 짓는 교묘한 가면과도 같다. 주의 깊은 정신은 어두운 피의 욕망에 대해 교활하고 재빠르게 거짓말을 한다. 거짓말하고, 거짓말하고, 또 거짓말하다 보면, 말하는 것에 지쳐 파수병은 잠이 든다. 그러면 갑자기 적이, 동굴 같은 마음이 튀어나와 공격한다. 그 미치광이 늙은 농부가 흐로둘프에게 말했듯이 폭력이 곧 진실이다. 하지만 그 늙은 바보는 자신이 말한 것의 반만 이해하고 있다. 그자는 용과 한 번도 이야기해 본 적이 없기 때문이다. 그렇다면 그 낯선 자는 과연 어떨까?

무섭든 무섭지 않든 간에, 나는 연회장으로 가게 될 것이라는 것을 안다. 물론 현명한 짐승처럼 안전한 곳에 있는 것이 좋겠다는 어처구니 없는 이론을 생각해 보기는 했다.

"나는 자유롭지 않은가? 새처럼 자유롭지 않은가?"

나는 미치광이처럼 흘겨보며 속삭였다. 나는 용의 환영을 보았다. 아니, 그것을 구현했다. 절대적이고 궁극적인 쓰레기. 나는 오래전 내 어미가 아닌 전(全) 우주를 본 적이 있다. 그리고 그 우주 속에서 내가 자리할 작은 구멍을 보았다. 하지만 나는 존재한다, 나도 알고 있었다. 그렇다면 나는 홀로 존재한다. 나는 또 그렇게 말했다. 나 아니면 우주다. 그 찬란한 자각은 얼마나 커다란 환희를 가져다주었던가! (동굴, 나의 동굴은 질투하는 동굴이나니.[13]) 어미조차도 나를 위해, 나의 성스러운 특이성 (헤 헤 호 하) 때문에 나를 사랑하는 것이 아니라 내가 어미의 아들이기 때문에, 내가 어미에게 속해 있기 때문에, 어미가 지닌 힘의 가시적 증거인 나의 기운 때문에 나를 사랑한다. 나는 어미를 옆으로 옮겨 놓는다. 어릴 때 어미가 내게 했듯 겨드랑이를 부드럽게 들어 올려서. 나는, 그렇게 가끔 내키면 내 힘을 약간 사용하여 어미에게 무력함을 일깨워 준다. 그렇게 나는 흐로드가르의 왕국과 그의 용사들을 치워버릴 수 있을 것이다. 욕망이 더 달콤해지도록, 욕망에 한계를 두지 않는다면 말이다. 만약 내가 쉴드족의 마지막 한 사람까지 다 죽여버린다면 대체 무슨 낙으로 살겠는가? 나는 아마도 다른 곳으로 옮겨 가야 할 것이다.

그래서 이제 처음으로 승리를 확신하지 못하는 나는, 나의 욕망에 한계를 설정해야 한다. 자러 가든지, 예이츠족이 돌아갈 때까지 습격을 미뤄야 할 것이다. 경험에 의하면 세상은 둘로 나뉘어 있기 때문이다. 죽어야 할 것들과 죽이는 것을 방해하는 것들로. 예이츠족이 어느 쪽인지는 이제 곧 결판이 날 것이다. 그래서 나는 허리까지 닿도록 쌓인 눈 더미를 간신히 헤치고 나가 거침없이 흐로드가르의 궁전으로 향한다. 어둠이 세상을 관 뚜껑처럼 덮고 있다. 그자들의 허장성세를 놓치는 것은 유감스러운 일이다. 나는 연회장으로 가서 몸을 구부리고 벽 틈으로 안을 들여다보았다. 바람이 다양한 종류의 새된 소리를 내면서 불어왔다.

   그 안에서는 즐거운 광경이 펼쳐지고 있었다. 아무리 좋게 말한다 해도 예이츠족이 자신들을 구하러 왔다는 소리에 덴마크족이 기쁠 리가 없다. 그들에게는 명예가 가장 중요하기 때문이다. 다른 사람들의 구조를 받으니 차라리 산 채로 잡아먹히려 할 것이다. 신부들도 즐겁지 않기는 마찬가지였다. 그들은 때가 되면 영적 파괴자가 나타나 사태를 해결해 줄 것이라고 오랫동안 말해 왔다. 그런데 지금 외지에서 건방진 녀석들이 나타나 종교의 가면을 벗기려 하다니! 내 오랜 친구 오크는 아무 말도 없이 망연자실하여 고개만 가로젓고 있었다. 틀림없이 불길한 형이상학적 암시에 대해 생각하고 있을 것이다. '모든 것은 사라진다. 선택은 불가능하다.' 우리들 중 누가 상대를 몰아내든 간에, 나와 그 낯선 자가 만나는 때가 오면 사람들의 시선은 거기에 쏠리게 될 것이고, 그러면 신부들은 '과정'이라는 성스러운 개념을 받아들이지 못할 것이다. 신학은 행위와 반응과 변화만 있는 이 세상에서 융성할 수가 없다. 신학이란 고인 호수 위를 떠다니는 부유물처럼 고요하게 자라나다 쇠퇴기에만 번성할 수 있는 것이다. 모든 것들이 분명하게 상실된 세상에서만, 시인이 그러하듯 신부 역시 사람들의 마음을 흔들어놓을 수 있다. 어떤 것도 헛되지 않다고 말하면서 말이다. 나는 오래전의 과거를 위해, 저 늙은 신부의 명예를 위해, 그 낯선 자를 죽일 것이다. 그리고 흐로드가르 용사들의 명예를 위해서도.

덴마크 사람들은 낯선 자들이 밥을 먹는 것을 부루퉁하게 쳐다보면서 앉아 있었다. 그자들 중 누군가 단검을 쓸 핑계를 주기를 바라는 듯했다. 나는 낄낄 웃는 소리가 새어 나가지 않게 입을 가렸다. 왕은 노기 띤 표정으로 엄숙하게 주인 노릇을 하고 있었다. 자신의 용사들만으로는 나를 처리할 수 없다는 것을 그도 잘 알고 있었다. 게다가 얼간이들의 명예에 대한 생각에 깊이 감동받기에는 너무 늙어버렸다. 설사 그 생각이 왕국에 도움이 된다 하더라도 말이다. 어서 식사를 끝내라. 그게 중요하다. 그는 생각했다. 저자들이 자기 기술을 자랑하느라 서로 쓸데없는 짓을 하는 일이 없도록 해라. 왕비는 자리에 없었다. 민감한 상황이었다.

그러더니 에즈라프의 아들이자 흐로드가르 왕의 가장 높은 신하인 운페르트가 마침내 입을 열었다. 그의 코는 이상하게 생긴 시커먼 감자 같았고, 눈은 송곳니처럼 찢어져 있었다. 그는 식탁으로 몸을 구부리더니 식사하는 데 쓰고 있던 단검을 낯선 자들의 우두머리에게 겨누며 말했다.

"말해 보라, 친구여. 그대가 어린 브레카와 그때 수영을 했던 바로 그자인가? 벌꿀주를 마시고 미치광이처럼 허세를 떨다가 별 이유도 없이 한겨울 바다에 자기 목숨을 걸었다던."
그 낯선 자는 식사하는 것을 멈추고 미소를 지었다.
"우리도 들었다네."
운페르트가 말했다.
"왕도, 신부도, 고문관도, 그 누구도 그대들을 말릴 수 없었다지. 그 누구도. 풍덩! 어이쿠, 이런!"
운페르트는 손으로 수영하는 흉내를 내며 눈을 위로 홉뜨고 입으로 헐떡거렸다. 운페르트 주위에 있던 용사들이 웃음을 터뜨렸다.
"바다는 파도로 소용돌이쳤고, 겨울의 한기가 지독하게 넘실거렸지. 사람들 말로는 이레 밤을 그렇게 수영했다고 하더군."
그는 일부러 속아주는 척하는 표정을 지었다. 덴마크 사람들이 다시 웃음을 터뜨렸다.
"그리고 자네보다 더 힘이 센 브레카가 결국 승리했다지. 어쨌든 허풍이 아니라는 걸 그자는 증명한 셈이지. 그게 뭐 그리 대단한 건지는 모르겠지만."
덴마크 용사들이 낄낄거렸다. 흐로드가르조차도 미소를 지었다. 운페르트는 갈수록 심각해졌고, 반면 낯선 자는 계속해서 미소를 짓고 있었다. 그의 옆에는 기골이 장대한 예이츠인들이 이리처럼 참을성 있게 앉아 있었다. 운페르트는 단검으로 그를 가리키면서 친절한 충고를 덧붙였다.
"오늘 밤에는 상황이 더욱 심해질 걸세. 이제까지는 성공해 왔는지 모르겠지만, 나로서는 거기에 대해서 들은 바 없네. 하지만 밤새 그렌델을 기다린다면 자네가 이제까지 이룬 모든 찬란한 성공도 끝장날 것이야."

덴마크 사람들이 박수를 쳤다. 하지만 그자는 여전히 텅 빈 동굴 같은 눈을 내리깔고 연신 미소만 짓고 있었다. 나는 그자의 돌처럼 차가운 마음이 맷돌 돌아가듯 움직이기 시작하는 것을 볼 수 있었다. 강당이 잠잠해지자 그는 부드러운 목소리로 이야기를 시작했다. 그의 기묘한 눈빛은 아무것에도 초점을 맞추고 있지 않았.

"아, 친구 운페르트여. 그대는 술을 잔뜩 들이켜더니 브레카에 대해 제법 많은 걸 이야기했군. 하지만 진실을 말하자면, 나는 브레카를 이겼네. 바다에서는 나보다 더 힘센 자가 없지. 그래, 우리는 어리석은 소년들처럼 시합을 하자고 큰소리를 쳤지. 우리는 모두 어렸어. 바다에서 목숨을 걸자고 맹세했고 실제로 그렇게 했지. 우리는 고래와 싸우기 위해 한 손에는 칼을 쥐고 다른 손으로만 수영을 했다네."

운페르트는 웃음을 터뜨렸다. 다른 사람들도 우습다는 듯 운페르트를 따라 웃었다. 확실히 상식을 벗어난 이야기였다.

낯선 자는 말했다.

"브레카는 아무리 노력해도 나보다 앞서 나갈 수 없었네. 운페르트 자네 같은 팔을 가진 자였지. 나 또한 브레카를 너무 앞서 가지 않기로 했지. 그렇게 우리는 닷새 밤을 수영했네. 그런데 폭풍이 불어닥쳤지. 북쪽에서 차가운 바람이 불고, 하늘은 시커멓고, 파도는 요동을 쳤네. 우리는 갈라지고 말았어. 폭풍은 바다 괴물들을 뒤흔들어 놓았지. 괴물 하나가 나를 공격해서 해저로 끌고 내려갔어. 다른 사람들이라면 그 압력 때문에 온몸이 으깨지고 말았을 걸세. 하지만 칼을 쓸 수 있는 기회가 왔고, 나는 그놈을 죽여 버렸지. 그러고 나니 또 다른 놈들이 나를 공격해 왔네. 그놈들은 나를 난폭하게 짓눌렀어. 나는 아홉 마리 늙은 바다 괴물들을 죽여서 그놈들이 바다 밑바닥에서 벌이려 했던 성찬의 기회를 빼앗아버렸지. 아침이 되자 그놈들은 칼에 갈기갈기 찢겨 배를 드러내고 해안가에 죽어 있더군. 그 후로 괴물들은 그곳을 지나가는 선원들을 더 이상 괴롭히지 않는다네. 빛이 동쪽에서 비치면서 갑(岬)이 보이기에 그리로 헤엄쳐 갔지. 운명이란 용기 있는 자를 살려 주는 법이지."

덴마크 사람들의 얼굴에서 웃음이 사라졌다. 낯선 자는 줄곧 아주 침착하고 부드럽게 이야기했기 때문에 아무도 웃을 수 없었다. 그는 자신이 하는 말을 모두 믿고 있었다. 나는 그의 눈빛을 보고 마침내 이해했다. 저자는 미쳤다.

하지만 다음 일을 예상할 수는 없었다. 모두가 그랬다. 은근슬쩍 비꼬는 듯한 미소를 제외하고는 시종일관 엄숙하고 웃음기 없던 그가 갑작스럽게 일갈했다. 물론 여전히 온화하게, 눈이 창백하게 번득이는 것을 제외하고는 거의 인간이 아닌 듯한 초연함으로 말이다.

"브레카나 자네나 그런 전투는 해본 적이 없겠지."

그가 말했다.

"거기에 대해서는 더는 자랑하지 않겠네. 하지만 자네의 영광스러운 위업에 대해서는 들은 기억이 없네. 형제들을 살해했다는 것을 외에는. 친구 운페르트여, 자네는 그 때문에 어두운 지옥을 헤매게 될 것이네. 비록 자네가 영리하다고는 해도 말이지."

강당이 일순 얼어붙었다. 저 낯선 자는 농지거리나 하는 사람이 아니었다.

하지만 그자가 명민하다는 것은 인정해야 할 것이다. 그가 말하는 초인적 힘에 대한 이야기를 믿든 안 믿든, 연회장에 있던 용사들 중 어느 누구도 그렇게 온화하고도 차갑고 잔인하게 혀를 놀리는 자를 감히 상대할 수가 없었다.

하지만 늙은 흐로드가르 왕은 혼자 기뻐하고 있었다. 저렇게 정신 나간 자의 집요함은 괴물과의 싸움에서 아주 유용할 것이다. 그가 말했다.

"왕비는 어디 있는가? 이곳에 있는 사람들은 모두 친구니라! 왕비께 이리로 와서 술을 따르라고 하라!"

왕비는 문 뒤에서 모든 것을 엿듣고 있었던 듯 환한 모습으로 밖으로 나와, 재빨리 강당을 가로질러 커다란 금 술병이 있는 벽난로 옆 식탁으로 갔다. 왕비가 빛과 따뜻함을 가져다준 양, 덴마크 사람들과 예이츠 사람들은 다시 이야기하고 농담을 건네며 웃기 시작했다. 목과 팔을 금 장신구로 치장한 왕비는 붉은 머리칼을 나부끼면서 덴마크 용사들 모두에게 그리고 예이츠 용사들 일부에게 술을 건넸고, 마침내 예이츠 용사들의 우두머리에게로 갔다.

"하나님께 감사드립니다."

그녀가 말했다.

그렌델 199

"제 바람이 받아들여져, 마침내 신뢰할 만한 용기를 지닌 분을 뵙게 되었군요."

낯선 자는 미소를 지으면서 운페르트를 흘끗 쳐다보았다. 흐로드가르의 최고 신하인 그는 기분은 조금 나아졌지만 아직 흥분을 완전히 가라앉히지는 못한 듯 목은 여전히 검붉은 빛이었다.

"두고 봐야 알 일이지요."

낯선 자는 말했다.

내 마음속에서 다시금 이상한 일이 일어나고 있었다. 그자는 말을 할 때에도 입술을 움직이지 않는 것만 같았다. 그리고 그의 번쩍이는 어깨를 노려볼수록 그 형태가 더 흐릿해지는 것 같았다. 연회장은 내가 알 수 없는 짙고도 불쾌한 냄새로 가득 찼다. 나는 무언가를 기억해 내려고 애썼다. 비비 꼬인 뿌리, 심연……. 하지만 알 수 없었다. 공포에서 비롯된 경련이 나를 기이하게 훑고 지나갔다. 수염이 없다는 점을 제외하고는 그자를 두려워할 이유는 아무것도 없었다. 나는 그보다 더 강한 황소 등뼈도 산산조각 낼 수 있다.

흐로드가르는 왕비의 손을 잡고 연설했다. 운페르트는 더 이상 얼굴을 붉히지 않고 차분히 앉아 있었다. 물론 그는 저 낯선 자의 성공을 기원하려고 애쓰고 있었다. 영웅심이란 고상한 말이나 위엄 그 이상이다. 내면의 영웅심, 그건 속임수다! 영혼에 난 찬란한 염증! 영웅의 삶을 제외하고 세상에 의미 있는 것은 없다. 그는 심호흡을 했다. 그렇다, 그는 더 나은 사람이 되려고 노력할 것이다. 그는 미소를 지으려고 했지만 입술이 뒤틀려

버렸다. 눈물이라니! 그는 갑자기 자리에서 일어나 말도 없이 밖으로 나가 버렸다.

호로드가르는 낯선 자를 마치 아들인 것처럼 사람들에게 말했다. 왕비는 어색하게 웃었고, 사촌 흐로둘프는 더러운 손톱으로 식탁을 만지작거리고 있었다. "폐하께서는 아들이 많지 않으십니까." 하고 왕비는 가볍게 웃었다. 흐로드가르도 웃었다. 하지만 그는 그 말의 의미를 이해하지 못하고 취해서 비틀거렸다. 낯선 자는 여전히 희미한 미소를 띠고 앉아 있었다. 흐로드가르는 딸 프레아와루를 적국 헤아도바르드의 왕과 결혼시킬 계획을 떠들어댔다. 낯선 자는 계속 미소를 지었지만 눈을 감았다. 그는 이곳을 보았을 때 이미 이곳이 운명의 장소라는 것을 알아차린 것 같았다. 하지만 무슨 이유에서인지 그는 평상심을 유지하고 있었다. 나는 점점 더 그가 무서워졌고, 동시에 —— 누가 이 감정을 설명할 수 있겠는가? —— 우리가 만날 시간이 한층 더 기다려졌다.

왕비는 마침내 자리에서 일어나 방으로 물러갔다. 벽난로에서 타고 있던 불이 잦아들었다. 신부들은 열을 지어 신들의 조각상이 있는 곳으로 기도를 드리러 갔다. 하지만 아무도 뒤따르지 않았다. 나는 멀리서도 그들의 목소리를 들을 수 있었다.

"아, 영혼의 파괴자시여……."

차가운 신들은 죽어버린 커다란 눈동자로 내면을 응시하고 있었다.

숫양은 숫양의 일을 하고, 염소는 염소의 일을 하고, 셰이퍼는 노래를 하고, 왕은 왕국을 다스린다. 낯선 자는 봉분(封

墳)처럼 끈기 있게 계속 기다리고 있었다. 나 또한 그처럼 미친 듯이 속삭이고 또 속삭이면서 기다린다. 시간은 자신의 역학(力學)을 충실히 지키면서 지나간다. 우리 모두가 그러하듯이. 젊은 셰이퍼 또한 죽은 셰이퍼의 하프를 손끝으로 퉁기면서 남아 있는 몇몇 사람들에게 충실히 노래를 불러주고 있다.

> 서리는 얼어붙고, 불은 나무를 녹인다네.
> 대지는 열매를 맺게 하고,
> 얼음은 어두운 바다에 다리를 놓고,
> 지붕을 만들고,
> 대지가 번성하는 것을 신비롭게 가둔다네.
> 하지만 족쇄 같은 서리가 내리면
> 화창한 날씨가 되돌아오고,
> 손을 뻗는 태양은 언 파도를 되돌려 놓는다네……

우리는 기다린다.
왕은 잠자리에 들고, 백성들도 자리를 뜬다.
예이츠 사람들은 불을 피우고 잘 준비를 한다.
그리고 이제, 침묵.
어둠.
때가 되었다.

12

 손가락 끝으로 문을 건드렸다. 사람들이 불로 달군 자물쇠를 채워놓았는데도 문은 휙 젖혀졌다. 문은 깜짝 놀란 사슴처럼 뒤로 튀어 나가듯 열렸다. 나는 나 자신이 짓고도 결코 자각하고 싶지 않은 웃음을 흘리면서, 벽난로 불빛이 비치고 있는 강당으로 조용히 뛰어들었다. 그리고 조금 전까지만 해도 공포에 질린 입을 틀어막은 손처럼(아, 이런 시적 표현이라니!) 강당을 지키고 있던 연회장 문 판자를 마구 짓밟아 뭉갰다. 부서진 경첩은 나무 벽에 붙어 칼자루처럼 쩔거덕거렸다. 예이츠 사람들은 돌처럼 굳었다. 무서워서 얼어붙어 버린 것인지, 술을 너무 마셔서 뻣뻣해진 것인지는 잘 모르겠다. 나는 흥분과 피에 대한 굶주림과 환희와 기이한 두려움으로 가슴이 벅차올랐고, 그것들은 격렬하게 얽힌 화톳불처럼 내 안에서 이리저리 뒤섞였다.
 나는 환하게 빛나고 있는 연회장 바닥에 올라서서 짐짓 분노한 듯 그들에게 다가갔다. 사람들은 모두 잠들어 있었다, 모든 사람들이! 이런 행운이라니. 광기 어린 내 마음은 쾌재를 불렀지만 소리를 내지는 않았다. 재빠르게, 조용하게 침대를 옮겨 다니며 사람들을 모두 죽이고 남김없이 먹어치우리라. 나는 환희로 반쯤 미쳐서 불타고 있었다. 단순히 장난삼아 가까이 있던 식탁보를 벗겨 냅킨처럼 목에 둘렀다. 그리고 더 이상 지체하지 않았다.

나는 자고 있는 어떤 남자를 붙들고 걸신들린 듯 잡아 찢은 다음 머리뼈를 물어뜯어 뜨겁게 질척거리는 피를 빨아 먹었다. 나는 머리, 가슴, 엉덩이, 다리, 손과 발 순서로 크게 한 입씩 먹어치웠다. 얼굴과 팔은 척척하게 젖고 너저분해졌다. 목에 두른 냅킨도 흠뻑 젖었다. 어두운 바닥에 김이 서렸다. 나는 즉시 자리를 옮겨 다른 사람에게 손을 뻗었다. (속삭이기, 속삭이기, 우주를 말로 질겅질겅 씹어대기.) 그리고 손목을 잡았다. 그때 갑자기 거대한 충격이 몸을 훑고 지나갔다. 실수다!

속임수였다! 그자는 늘 그랬듯이 두 눈을 크게 뜨고 있었다. 그리고 내가 하는 짓을 냉철하게 관찰하고 있었다. 그자의 손이 내 팔을 붙들고 있는 것처럼 그의 눈도 나에게 못 박힌 듯 꽂혀 있었다. 나는 무작정 뒤로 물러섰다. (거칠게 속삭이기. 무작정 뒤로 물러서기.) 이제 그자는 용의 이빨처럼 내 팔을 꽉 쥔 채 침대에서 나왔다. 나는 이 세상에서 이런 악력을 가진 자와 한 번도 만난 적이 없었다는 걸 깨달았다. 믿을 수 없게도 내 팔은 불에 활활 타는 듯한 극심한 고통에 휩싸였다.

내 팔을 눌러 부수는 그자의 손가락은 마치 뱀의 독니 같았다. 나는 그자 앞에서 기괴하게 손을 허우적대며 비명을 질렀다. —— 오래전 잃어버린 형제여, 무사 친족이여. —— 목재로 된 건물에 나의 비명이 메아리쳤다. 어깨뼈가 탈골된 듯한 느낌에 나는 또 비명을 질렀다. 그 오랜 창백한 꿈이, 나만의 역사가 사라져간다. 금으로 장식된 거대한 동굴 같은 연회장이 피로 물들어 내게 다시 소리를 지르고 있다. 낯선 자의 반짝이는 눈빛이 연회장을 밝힌다.

저자에게는 날개가 있다. 그것이 가능한 일인가? 하지만 정말이다. 그의 어깨에서 무시무시한 붉은 날개가 나온다. 나는 환영을 쫓아버리려고 고개를 흔들었다. 세상은 늘 그랬듯이 그대로다. 그것이 우리의 희망이고 우리의 기회다. 하지만 파국을 맞았을 때조차 우리는 그 환영에 희롱당하고 만다. 그렌델이여, 그렌델이여, 진실만을 고수하라!

갑자기 다시 어두워졌다. 온전한 정신이 승리를 거둔 것이다. 저자는 인간일 뿐이다. 나는 저자에게서 도망칠 수 있다. 나는 계획한다. 나는 해빙기에 절벽 새로 물이 차오르는 것처럼 내 안에서 계획이 일렁이는 것을 느낀다. 준비가 되면 저자를 강하게 발로 차고…… 뭔가가 잘못되었다. 나는 제자리에서 빙그르르 돌아서 —— 이런! —— 바닥없는 공허로 추락하면서 —— 이런! —— 참나무의 비비 꼬인 거대한 뿌리를 잡는다……. 눈부신 불꽃…… 아니, 어둡다. 나는 집중한다. 바닥에 넘어졌구나! 피에 미끄러졌다. 그자는 내 팔을 등 뒤로 잔혹하게 비튼다. 실수로 그자에게 유리한 상황이 되어버렸다.

나는 웃으려 했다. 이런, 이런!

 상황은 더욱 나빠졌다. 그자가 속삭이고 있는 것이다. 내 귀에서 몇 센티미터밖에 떨어져 있지 않은 그의 입에서 싸라기눈처럼 말들이 쏟아져 나온다. 듣지 않을 것이다. 나도 계속 중얼거린다. 중얼거리고 있는 한 그의 이야기는 들을 필요가 없다. 싸늘한 불꽃처럼 그의 말이 뚝뚝 떨어져 내 귀에 닿는다. 그의 말이 내 귀에 닿는다…….

 시간의 흐름 속에 있는 소용돌이인 거야. 말하자면 작은 조각들이 잠시 모여 있는 것, 먼지들이 되는대로 뭉쳐 있는 것, 먼지구름…… 복잡다단해. 평범한 먼지와 초록색 먼지, 자주색 먼지. 황금색 먼지. 미세한 차이만 있을 뿐이지. 민감한 먼지, 성교하는 먼지…….

 세상은 나의 뼈 더미 동굴이니, 내게 부족함이 없으리로[14]……. (그는 중얼거리다 웃음을 터뜨린다. 나는 눈알을 굴린다. 그자의 입술 끝에서 불꽃이 미끄러져 나온다.) 지금 네가 보고 있듯이, 물론 이것이 너의 눈이 보는 최후가 되겠지만, 역사는 어두운 악몽이고 시간은 관(棺)이다. 그러나 바다가 얼어버린 곳에도 물고기는 있을 것이고, 인간은 봄까지 육신을 온전히 보존할 것이다. 형제여, 그것이 온다. 믿든 믿지 않든. 너는 세상을 파괴하고, 평야를 돌로 만들고, 생명을 나와 그것으로 바꾸어놓았지만, 땅속을 헤집은 굳센 뿌리는 너의 동굴을 깨버릴 것이고, 비가 내려 동굴을 씻을 것이다. 세상은 다시 초록으로 불타고, 만물은 짝을 지을 것이다. 장담하지. 시간은 정신이고, 무언가를 만드는 손이다. (하프 줄을 퉁기는 손가락, 영웅의 칼, 영웅의 행위, 왕비의 눈동자.) 그것으로 나는 널 죽인다.

나는 듣지 않는다. 마음이 아프다. 전에도 저런 이야기에 속았던 적이 있었지.

"엄마!"

나는 고함을 지른다. 해초처럼 어른거리는 희미한 형상이 나를 둘러싼다. 시야가 다시 깨끗해진다. 낯선 자의 동료들이 별 소용도 닿지 않는 칼을 들고 우리를 둘러싸고 있다. 비명을 지를 수밖에 없는 이 고통이 아니었다면 나는 아마 웃었을 것이다. 하지만 나는 지금 그에게 속삭이며, 낑낑거리며, 말을 걸고 있다.

"네가 이긴다면, 그건 아주 우연한 일일 뿐이다. 착각하지 마라. 처음에 너는 나를 속였고, 그런 뒤 미끄러진 것이다. 우연이다."

그는 다시 내 팔을 비틀며 대답한다. 나는 그 고통에 더 크게 소리를 지른다. 용사들이 길을 비켜섰다. 나는 식탁 위로 넘어졌고, 식탁은 산산조각 났다. 벽에 금이 갔다. 그래도 그는 계속 속삭인다.

그렌델이여, 그렌델이여! 너는 매 순간 속삭임으로 세상을 만드는구나. 그걸 모르겠느냐? 네가 세상을 무덤으로 만드는지, 장미 핀 정원으로 만드는지는 내게 중요하지 않다. 벽을 느껴보아라. 단단하지 않느냐?

그는 나를 벽으로 밀어붙였다. 이마가 깨지는 듯했다.

단단하지, 그래! 단단함을 느껴라! 그리고 마음을 다해 시를 써라! 이제 벽에 대해 노래하라! 노래하라!

나는 고통스럽게 신음했다.

노래하라!

"나는 노래한다!"

노래를 불러! 미친 듯이 찬가를 불러!

"넌 미쳤어. 아악!"

노래해!

"나는 벽을 노래한다."

나는 신음하듯 말했다.

"단단한 벽 만세!"

끔찍하군.

그가 속삭인다.

끔찍해.

그는 웃음을 지었다. 다시 불꽃이 튀었다.

"너는 미쳤어."

내가 말한다.

"내 이마를 부순 저 벽을 내가 만들었다고 생각한다면, 너는 미쳐도 단단히 미친 거야."

벽을 노래해.

그가 쉿, 하고 꾸짖으며 말했다.

달리 방법이 없다.

    바람 부는 언덕이 무너지면 벽도 바람에 무너지고,
      오래전 생각했던 모든 것들도 무너진다네.
      만들어진 어떤 것도 남지 않고,

아무도 기억하지 못한다네.
그리고 이 마을은 빛나는 마을이라고 불릴 것이라네!

이제 좀 낫군.
그가 속삭인다.
훨씬 나아.
그는 다시 웃는다. 자신이 예상했던 것보다 내가 훨씬 교활하다는 것을 인정하는 비열한 웃음이다.
저자는 미쳤다. 나는 어떤 오류 없이 그를 모두 이해한다. 물질과 정신에 대한 그의 미치광이 같은 이론을, 냉담한 지성을, 뜨거운 상상력을, 벽돌을 쌓듯 무언가를 짓는 자라는 것을, 현실의 압력을 모두 이해한다. 하지만 그가 내 뒤로 팔을 붙잡은 것은 순전히 우연에 불과하다. 저자는 비밀을 간파한 것이 아니라 단지 운이 좋았을 뿐이다. 저자가 깨어 있다는 것만 알았더라도, 발로 찼을 때 바닥이 피로 흥건하다는 것만 알았더라도…….
갑자기 연회장이 번개 맞은 듯 하얗게 변했다. 나는 깜짝 놀라 아래를 노려보았다. 저자가 내 어깨에서 팔을 떼어낸 것이다! 팔이 떨어져 나간 자리에서 피가 쏟아졌다. 나는 아기처럼 악을 쓰며 울었다. 그는 눈부신 하얀 날개를 펼치고 내게 불을 내뿜었다. 나는 문밖으로 달려 나가 바람처럼 움직였다. 비틀거리다 넘어지고, 다시 일어났다.
"나는 죽는다!"
하고 울부짖었다. 밤은 날개 달린 사람들로 불타고 있었다.

안 돼, 안 돼! 생각을 해! 나는 문득 다시 한 번 악몽에서 깨어났다. 사방이 어두웠다. 나는 정말 죽는구나! 바위가, 나무가, 눈발이 모두 냉담한 객관성으로 소리치고 있다. 차갑고 날카로운 윤곽으로 모든 것이 나를 둘러싸고 있다. 죽은 사람처럼 명료하고 초연하게. 나는 이해한다.

"엄마!"

나는 울부짖었다.

"엄마! 엄마! 나 지금 죽어가고 있어요!"

하지만 어미의 사랑도 이제는 역사다. 그자의 속삭임이 나를 숲까지 따라온다. 그자에게서 도망치고 있는 데도.

"그건 우연이었어!"

나는 울부짖는다. 나는 진실을 놓치지 않을 것이다.

"맹목적이고, 어리석고, 기계적이야. 단순히 우연의 논리야."

피를 많이 흘려 힘이 없다. 이제 아무도 나를 쫓아오지 않는다. 나는 다시 비틀거리면서 남아 있는 한쪽 팔로 참나무의 비비 꼬인 거대한 뿌리를 힘없이 붙잡았다. 눈앞에 별빛이 스치고, 무시무시한 어둠이 내려다 보인다. 이곳이 어디인지 알 것 같다. 하지만 거기일 리가 없는데.

"우연이야."

나는 속삭인다. 나는 넘어질 것이다. 아니, 넘어지고 싶어 하는 것 같다. 온힘을 다해 넘어지지 않으려 하지만 결국 넘어질 것이라는 걸 알고 있다. 나는 절망으로, 공포로 벌벌 떨면서 악몽 같은 절벽 끝에서 일 미터쯤 떨어진 곳에 서 있다. 그러다가 믿을 수 없게도, 내가 점점 더 절벽 끝으로 움직이고 있다는 걸 깨닫는다. 나는 아래를, 바닥없는 칠흑 같은 아래를 내려다본다. 내 안에서 어떤 검은 힘이 거친 파도처럼 움직이고 있는 것을 느낀다. 내 안의 어떤 괴물이, 깊은 바닷속 놀라운 무언가가, 무시무시한 밤의 군주가, 동굴에서 일어나 나를 서서히 죽음 속으로 추락하게 한다.

다시 시야가 맑아진다. 온몸이 피로 번들거린다. 이젠 고통이 느껴지지 않는다. 내 오랜 적이었던 짐승들이 내가 죽는 것을 보러 주변에 몰려든다. 나는 머쓱한 미소를 지어 보인다. 내 심장이 공포로 쿵쾅거린다. 내가 숨을 내쉬면 남아 있는 내 생명도 함께 빠져 나갈까? 짐승들은 내 아래 펼쳐진 깊은 협곡처럼 검고도 고요하게, 아무 생각도 없는 무심한 눈으로 나를 바라본다.

지금 내가 느끼고 있는 것은 기쁨인가?

저것들은 나의 파멸을 즐기며 사악하게, 너무나도 어리석게, 나를 계속 쳐다본다.

"하찮은 그렌델이 우연히 당한 거야."

나는 속삭인다.

"너희 모두가 그럴 것처럼."

옮긴이의 말
경계에 있는 존재의 구원과 파멸에 대하여

> "꿈에서 벗어나는 유일한 길은
> 꿈속으로 침잠하여 끝까지 가는 것이다."

여기에 한 존재가 있다. '존재'라는 단어를 제외하고는 이 존재를 표현할 수 있는 방법이 없다. 이 존재는 동물이라고 할 수도 없고 인간이라고 할 수도 없는, 다시 말해 어느 하나로 명확히 규정되지 않는 존재이기 때문이다. 동굴에서 살고 동물을 잡아먹으며 자연에 종속되어 산다는 점에서 그는 자연의 일부인 동물이다. 그러나 그는 말을 할 줄 안다. 말을 할 줄 안다는 것은 동물성을 뛰어넘는 특징이다. 언어를 사용한다는 것은 자신과 자신을 둘러싼 세계를 언어로 표현할 줄 안다는 것이며, 언어로 소통하고 관계를 맺는다는 것이다. 더 나아가 언어는 자신을 규정할 수 있게 하는 정체성 형성의 핵심이며, 인간들 사이의 관계를 규정하고 사회의 질서를 수립하는 상징질서의 핵심적 매체다. 인간이 언어로 다른 인간들과 소통하고 관계를 맺으면서 스스로를 규정하기 시작한 순간, 인간은 동물성을 벗어나게 되었다. 이 '존재'는 인간의 언어를 말하고 이해할 줄 아는 동물이므로 인간이라 할 수 있지 않을까? 그렇지 않다. 그는 다른 존재들과 소통하지 못하기 때문이다. 그의 곁에는 언어를 오래전에 망각한 어미와, 누구인지 알 수 없으나 자신을 뚫어지게 바라보는 '그것들'("커다랗고 늙어빠진 형상들", "인간을 피해 더 깊은 어둠 속으로 가버"리는, 아마도 "내 형제, 내 삼촌 들"일지 모르는 존재들)이 있다. 하지만 이들은 서로 소통하지 않는다. 그러므로 '사회'를 형성하고 있지 않다. 그러니 그는 온전히 인간이라고도 할 수 없다.

고로 그는 동물이되 동물이 아니고, 인간이되 인간이 아닌 존재다. 즉 그는 동물과 인간의 경계에 있는 존재다. 경계에 있으므로 그는 모든 곳에 속하나 어디에도 속하지 않는 존재다. 이를 공간적으로 표현하자면 '가장자리를 걷는 자', 즉 경계를 걷는 자가 된다. '그렌델'이라는 이름은 '지구의 가장자리를 걷는 자(earth-rim-walker)'를 의미한다고 한다. 그렌델은 1장에서 자신을 "그늘을 찾아다니는 괴물", "지구의 가장자리를 어슬렁거리는 괴물", "괴상한 세상의 벽을 걷는 괴물"이라 일컫는다.

그런데 생각해 보면, 이렇게 동물과 인간의 경계에 있는 상황은 인간이 처한 것과 다르지 않다. 육체는 동물이되 정신은 상징질서 속에 있는, 상징질서를 수립하여 그 속에 살고 있으나 육신의 동물성은 버리지 못한 존재가 바로 인간이 아닌가. 상징질서 속에서 안온히 살아가기 위해서 인간은 육체라는 타자를 (어느 정도) 억압해야 한다. 그러나 인간의 육체가 지닌 동물성은 예기치 못한 순간에 상징질서에 침입하여 인간을 뒤흔들어 놓는다. 따라서 그렌델이 처해 있는 "내 커다란 털북숭이 몸"과 "내 교활하고 초자연적인 정신" 사이의 괴리는 인간이 처해 있는 "인간적 상황"이기도 하다. 그렌델이라는 '괴물'과 인간 사이의 거리는 실상 그다지 멀지 않다. 작가 존 가드너는 그렌델이라는 존재를 통해 '인간' 혹은 '인간성'이라는 것이 무엇인지를 묻고 있는 것이라고 보아도 좋겠다.

『그렌델』은 고대 영어로 쓰인 최초의 영웅서사시『베어울프』(길이가 3182행에 달하는 이 시는 구두로 전술되어 오다 700~750년 사이에 한 앵글로-색슨 수도사에 의해 처음 문자화된 것으로 추정되며, 처음 책으로 만들어진 것은 1815년으로 추측된다.)를 다시 쓴 작품이다. 스웨덴 남부의 예이츠족 베어울프는, 십이 년 동안 덴마크 왕국에 출몰하여 흐로드가르 왕의 용사들을 잡아먹는다는 괴물 그렌델을 죽이기 위해 덴마크 왕국에 온다. 그리고 그가 도착한 날 밤에 왕궁을 습격한 그렌델과 맞붙어 그렌델의 한쪽 팔을 뜯어낸다. 치명상을 입은 그렌델은 왕궁을 빠져나가지만 곧 죽는다. 다음 날 그렌델의 어미가 복수를 하기 위해 나타나 흐로드가르 왕의 용사를 죽인다. 베어울프는 그렌델의 동굴로 쫓아가서 어미까지 죽인다. 그리고 그렌델의 시체에서 목을 베어 돌아온다. 여기까지가『베어울프』서사시의 앞부분이다. (뒷부분에서 베어울프는 용을 죽이는데, 이 용은『그렌델』에서도 등장한다.) 존 가드너는 바로 그 괴물 그렌델을 주인공으로 하여, 베어울프가 그렌델을 죽이는 장면까지의 이야기를 쓰고 있다. 그렌델의 눈을 통해 본 『베어울프』의 전사(前史)인 것이다.

　20세기에 들어 문학의 '경전'이라고 일컬어지는 작품들을 다시 쓰는 시도가 활발하게 이루어졌다. 경전에 등장하는 주변적 인물을 주인공으로 내세움으로써 '타자'라고 인식되어 왔던 존재들에게 목소리를 부여하는 것이다. 인종적 타자, 성적 타자, 계급적 타자들이 이러한 시도 속에서 자신들의 삶과 역사를 이야기한다. 『그렌델』 또한 이러한 맥락에 있는 작품이라 할 수 있다. 그러나 이 작품은 인종이나 성, 계급이라는 범주를 뛰어넘어 '인간' 자체의 타자성을 전면에 내세운다는 점에서 한층 급진적이다. 고대에 쓰인 최초의 영웅서사시에 나오는 최초의 타자 '그렌델'을 주인공으로 삼음으로써, 오래전 인간 역사의 기원을 인간이 아닌 타자의 입장에서 반추해 보려는 시도라는 점 역시 한 차원 높은 유의미성을 갖게 한다.

　그렌델의 언어는 유용성을 벗어나 있다. "이야기하기, 이야기하기. 나와 내가 보는 것들 사이에 언어로 된 그물 잣기, 창백한 꿈의 벽 쌓아 올리기." 이야기를 한다는 것은 그렌델에게 그물을 잣는 것이고 세상을 만드는 것이고 꿈을 꾸는 것이다. 자신의 말을 듣고 알아주는 자가 없을 때, 즉 "어느 누구도 이해할 수 없는 언어로 말"할 때, 그 언어는 소통의 도구라는 유용성을 벗어난다. 소통을 목적으로 하지 않는 언어는 그 자체로 시가 되고 사유가 된다.

　그렌델은 어미에게 묻는다. "왜 우리는 여기 있는 거예요? 왜 이렇게 썩어빠진 냄새가 나는 구멍에서 견뎌야 하는 거예요?' 그렌델은 자신이 처한 상황을 자각한다. 그리고 자기 존재의 한계도 자각한다. 그는 "미래의 가능성을, 내가 죽을 수도 있다는 가능성"을 인식하고 있는 것이다. 그가 이렇게 자기 존재와 한계를 자각하게 된 것은 최초로 '죽음'을 알게 된 때다. 나무 사이에 발이 끼여 꼼짝 못하고 황소의 뿔에 공격을 받으며 피를 흘리고 죽어갈 때, 역설적이게도 그는 자신을 둘러싼 세상을 '인식'하게 된다. "의미 없이 뒤범벅된 대상이었던 모든 것이 제 모습을 드러냈다."

최초로 세계와 죽음을 인식한 순간은 또한 처음으로 '인간'과 만난 때이기도 하다. 처음에 그렌델은 인간이라는 존재를 알지 못한다. 그러나 차츰 "내가 쓰는 언어"를 쓰는 존재라는 것을 알게 되고, "생각하는 동물, 일정한 패턴을 만들어내는 동물이자 이제껏 본 중 가장 위험한 동물"임을 깨닫는다. 흐로드가르 왕을 포함한 인간들은 자신을 '정령'이라고 이해했다가, 그가 움직이고 소리를 지르자 '괴물'이라고 생각하면서 그를 죽이려 든다. 인간들과의 조우로 인해 그렌델은 자신이 동물도 아니고 인간도 아님을, 자신은 경계에 있는 존재임을 어렴풋이 자각하게 된다.

경계에 있는 자가 할 수 있는 일은 무엇일까? 어미의 도움으로 살아난 그렌델은 "세상이 나에게 저항해요. 나도 세상에 저항해요."라고 어미에게 말한다. 세상이 자신을 의미 없는 존재로 밀어낸다는 것을 깨달은 것이다. 세상에서 밀려난 자가 할 수 있는 일 중 하나는 그 세상을 밀어내는 일, 곧 '저항'이 될 것임을 그렌델은 어렴풋이 느낀다. 그러나 아직 진지한

옮긴이의 말

의미의 저항은 시작되지 않는다. 저항의 결정적 계기가 아직 없기 때문이다. 그렌델은 일단 지켜보기로 한다. 경계에 있다는 것의 장점은 경계 안에서는 보이지 않는 것을 볼 수 있다는 것이다. 그래서 그렌델은 '인간'을 관조하게 된다. 인간의 행동과, 인간의 마을과, 인간의 관계와, 인간의 사랑과, 인간의 예술을 다시 말해 인간의 '역사'를 지켜본다.

그렌델의 눈으로 본 인간의 역사는 기이하다. 인간들은 처음에 동물과 다르지 않은 자연 상태에서 자연에 종속되어 살아간다. 그러나 인간은 "거칠고 난잡"하며 "간교"하다. 인간들은 서로 우연히 마주치면 "눈이 피에 젖어 진창이 될 때까지" 싸우고는 각자의 무리로 돌아가 "무용담"을 늘어놓는다. 그리고 무리가 커지면서 언덕 하나를 골라 집을 짓고 부족을 이루어 생활한다. 그렌델이 가장 "기이한 행동"이라고 생각하는 것은 바로 '명예'와 '전쟁'이라는 "소모적인 짓거리"다. "늑대조차도 다른 늑대에게 그렇게까지 악의를 품지는 않는다." 그러나 인간은 이상하게도 같은 인간에게 끔찍한 악의를 품고 아무런 쓸모없이 서로를 죽여 댄다. 경계에 있는 자가 보기에 이런 소모를 통해 이루어지는 것이 다름 아닌 그 위대한 인간의 '역사'라는 것이다. 이렇게 흐로드가르는 전쟁을 거듭하면서 세력을 확장하고, 전쟁 대신 공물을 받는 식으로 주변 세력을 복속시켜 나간다.

그리고 어느 날 밤, 눈먼 하프 연주자이자 시인인 '셰이퍼(Shaper)'가 흐로드가르 왕 앞에 나타난다. 그는 이름 그대로 형태(shape)를 만드는 자다. 이 형태란 존재하는 것들의 윤곽이라기보다는, 형상 즉 이미지다. 그는 흘러온 시간에 이미지를 부여함으로써 그 역사에 의미를 부여한다. 이는 단지 그럴듯하게 미화하는 것이 아니다. 그 이미지는 의미 없이 흩어져 있던 것들을 인과론으로 단단히 묶어준다. 마치 그렌델이 죽을 뻔했을 때 세상이 어미를 중심으로 정리되었던 것처럼, 셰이퍼가 창조하는 이미지는 세상을 정돈하고 의미를 부여해 준다. 그럼으로써 인간을 정당화해 주고 위로해 준다.

그리고 무엇보다도, 그 노래는 아름답다. 이 아름다움은 그렌델의 존재를 송두리째 뒤흔든다. 그렌델은 인간을 지켜보았으므로 셰이퍼의 노래가 환상이고 허구임을 잘 알고 있다. 그럼에도 그렌델은 그 노래에 매혹된다. 셰이퍼의 노래는 그렌델의 마음을 "슬픔으로 나약"하게 한다. "우스꽝스러운 털북숭이 동물인 나는 시(詩)에 갈가리 찢겨 버린 마음을 안고 달아났다." 그리고 "헛되다!"라고 울부짖는다. 그렌델에게 매혹과 허무는 같은 뿌리에서 나온다.

셰이퍼는 "자신의 이미지이지만 자기 자신은 아닌, 그 어떤 이미지를 창조"한다. 그리고 비통하게도, 그 아름다운 이미지 안에 그렌델이 있다. "그는 세상을 어둠과 빛으로 쪼개놓은 두 형제의 싸움에 대해 이야기했다. 그래서 다름 아닌 나, 그렌델은 어두운 곳에 있는 것이라고, 나는 신이 저주를 내린 끔찍한 종족이라고 말했다." 하지만 그의 노래는 아름답기 때문에 그렌델은 그를 믿을 수밖에 없다. 이것이 "셰이퍼의 하프 소리가 지닌 힘"이다. 그렌델은 그 아름다움 속에서 저주받은 자신도 구원받을 수 있기를 간절히 원한다. 그래서 어느 버림

받은 인간의 시체를 지고 연회장으로 들어가, 신 혹은 셰이퍼에게 자비를 빌면서 귀의하려고 한다.

그러나 경계의 존재인 그렌델이 인간에게 받아들여질 리가 없다. 인간들은 그렌델을 보고 공포에 사로잡혀 광분한다. 그들은 그렌델의 언어도 알아듣지 못한다. 알 수 없는 존재가 인간의 시체를 지고 등장한 것을 보고 그를 인간의 적으로 단번에 규정해 버리는 것이다. 귀의를 원했던 그렌델의 행동은 역설적이게도 그 의도와는 정반대로 인간에 대한 공격으로 받아들여진다. 그렌델은 시체를 던지고 도망친다. 그리고 자신을 끝내 괴물로 만들어버리는 세상에 분노하게 되고, 이제 진지한 "저항"이 시작된다.

그런데 이는 단지 자신을 받아주지 않는 것에 대한 반항심의 발로일 뿐인가? 그전에 그렌델은 그저 경계에서 인간을 지켜보는 것에 만족했다. 그러나 셰이퍼의 노래에 매혹된 후에는 모든 것이 달라진다. 절망과 환멸이 시작되는 것이다. 셰이퍼의 노래와 그 노래가 그리는 인간의 세상은 아름답다. 인간이라면 이 아름다움에 위안을 얻을 수 있을 것이다. 그렌델은 '저주받은 끔찍한 종족'이므로, 영원히 그 세계에 돌아갈 수 없고 경계 바깥을 헤매야 하는 존재다. 그러한 존재에게 아름다움이란 위안을 주는 것이 아니라 절망과 환멸을 일깨울 뿐이다. 셰이퍼로 인해 그렌델에게 세상은 이제 아름답지만 환멸스럽다. 혹은 환멸스러움에도 불구하고 아름답다. 이러한 근원적 모순에 처한 존재가 스스로를 구원할 수 있는 방법은 무엇이겠는가? 그 세상 자체를 파괴해 버리는 일밖에 없지 않겠는가? 파괴는 이제 그렌델에게 단순한 반항심을 넘어선 '존재론적 저항'이자 구원의 방식이 된다.

절망과 허무 속에서 그렌델은 용을 만난다. 이 만남은 시공간을 뛰어넘은 만남이다. 어디에서, 언제 만났는지도 알 수 없는 데다 용이라는 존재 자체가 세상의 시공간에 속하지 않기 때문이다. 용은 그렌델에게 "네가 지키고 있는 귀한 것"은 "젖통, 치질, 종기, 군침" 같은 것들에 불과하다고 일갈한다. 용에게 현재는 "길고 지루하게 추락하는 영원의 시간 속에서 덧없고 바보같이 명멸하는 섬광 같은 순간"일 뿐이다. 용은 과거와 현재와 미래의 시간을 모두 지켜본 자다. 용에게 셰이퍼의 이미지는 환상에 불과하다. "씹을 잇몸도 없이 이빨만 가지고 온 세상을 만들어낸" 것일 뿐이며, 모든 고립된 사실들을 단단히 연결되어 있는 것처럼 이어주는 환상이자 "교묘한 재주"에 불과하다는 것이다. 그에게 소중한 것은 오직 금의 축적뿐이다. 아름다움의 여지가 남아 있지 않은, 환멸과 냉소의 극단이다.

용은 인간이란 먼지에 불과한 존재이며, 그렌델이 인간을 더욱 인간답게 해줄 것이라고 예언한다. "너는 말하자면 그자들이 스스로를 정의 내릴 수 있게 해주는 야수 같은 존재인 거야. (……) 너는 그자들에게 필멸(必滅)과 유기(遺棄)라는 두려운 상황을 인식하게 하고 깨닫게 하고 있는 거야! 너도 인간이고, 적어도 인간적인 상황에 처해 있어. (……) 네가 물러서면 즉시 다른 것이 네 자리를 대신하게 될 거야. 너도 알다시피 야수 같은 존재는 무수히 많거든." 그렌델은 경계에 있는 자로서 어디에도 속할 수 없다. 경계 안의 인간들은 그를 괴물이라고 저주하면서 경계 밖으로 몰아내어 그의 존재를 지우려 한다. 그리고 그러한 지움을 통해 자신들의 경계를 짓고 더 견고하게 한다.

그렇다면, 지워졌으나 지워졌음으로 존재하고 있는 그 '부재하는 존재'가 할 수 있는 일은 오히려 초월적인 힘을 행사하는 일이 된다. 그렇게 함으로써 자신을 '경계 짓는 자'로서, 즉 경계 밖에 있으나 경계를 창조하는 자로서 확고히 세우는 것이다. 이는 더 나아가 '인간다움'이라는 것이 '인간 아닌 것'에 대한 억압으로 이루어진다는 것까지도 보여 주는 일이 될 것이다. 용은 이 모든 것을 알고 있다. 그러니 '끝까지 인간과 함께 하라', 끝까지 인간을 밀어붙여 자신과 인간을 모두 영광스럽게 하라는 것이 용의 전언이다.

용을 만난 후, 그렌델은 인간에 대한 자신의 타자성이 곧 자신의 운명임을 자각하기 시작한다. 이제 예술은 상대화된다. 그는 기꺼이 파괴자가 된다. 그리고 자신의 행동에 환희를 느끼기 시작한다. 그러나 그렇다고 하여 그가 파괴자로서 만족하는 것은 아니다. 그는 더욱더 외롭다. '웃고 있으면서도 함정에 빠진 느낌'이 든다. 그때 그렌델은 운페르트를 만난다. 운페르트는 그렌델이 언어를 사용한다는 것을 알아보는 최초의 인간이다. 운페르트 또한 시가 "쓰레기"임을, "말들의 구름, 무기력한 자들을 위한 위안"임을 알고 있다. 그러나 그에게는 '내면의 영웅심'이라는 자기현혹이 있다. "단지 기회가 있었던 거지. 더 이상의 것은 내게 없었다. 영웅이란 기회만 보고도 전부를 걸 수 있는 자다." 그렌델은 죽음을 불사하고 뛰어드는 '영웅심'이라는 환상을 가진 운페르트를 어느 정도 이해한다. "그는 찬란한 이상(理想)을 보았고, 그것을 향해 분투했으며, 마침내 그것을 얻고, 이해했다. 그리고 실망했다. 누구나 공감할 수 있을 것이다." 그렌델은 부정적으로나마 운페르트와 소통한다. 그리고 운페르트에게 영웅의 환상을 깨고 그 자신으로 돌아가게 함으로써 쓰라림을 안겨 준다.

7장에 이르면 서술 형식이 다소 변화한다. 시와 독백이 끼어든다. 그렌델도 이젠 시를 쓰고 노래를 하고 기도를 하는 것이다. 그것은 사랑 때문이다. 그렌델이 사랑하는 웨알데오우 왕비는 자신의 고향을 지키는 대가로 흐로드가르에게 바쳐진 일종의 공물이자 희생양이다. 그렌델은 그녀의 아름다움에 고통스러워한다. 예전에 셰이퍼의 노래가 그랬듯이, 이제 그녀라는 존재가 그의 가슴을 찢는다. 셰이퍼의 거짓말, 영웅이라는 자의 자기 현혹, 그리고 왕비에 대한 환상으로 스스로에 대한 환멸을 느끼는 그렌델은 다시 흐로드가르를 무자비하게 공격한다. 그리고 왕비를 끔찍하게 모욕한다. 그런 식으로 그렌델은 자신을 "구원" 혹은 치유한다.

중간에는 정치와 종교의 이야기도 삽입된다. 흐로드가르 왕의 조카인 흐로둘프는 흐로드가르 왕이 죽은 뒤 왕자들을 축출하려 했던 인물이다. 그러나 이 작품에서 흐로둘프는 이제 막 흐로드가르 왕에게 와서 몸을 의탁하는 어린아이다. 그리고 흐로둘프를 남몰래 지켜주는 '고문'이 있다. 그는 흐로둘프에게 정치가 무엇인지를 일러준다. "합법성의 영역을 벗어나기 위해서는 상황을 끝까지 밀고 나가야 합니다." 그리하여 기존의 가치를 전복하는 폭력을 일으키고 혁명을 이루는 것이 흐로둘프의 임무라고 그는 말한다. 그에게 정치란 "혁명의 생명이자 영혼"인 "폭력"을 통해 권력을 획득하고는, "공동체의 가치를 지킨다", "공동 이익을 향상시킨다"는 허상을 심어주는 것이다. "위기에 처한 시기"에 국가는 합법적 폭력의 독점 기관이 되며, 그것이 국가의 본질이라고 한다. 그는 냉혹한 정치적 현실주의자다. 이에 반해 아직 어린 흐로둘프는 조카들에게 다정하고 늘 고민에 잠겨 있는 어린아이일 뿐이다.

9장에 가면 그렌델이 대화하는 두 번째 인간에 해당하는 신부 오크가 나온다. 그렌델은 눈먼 오크에게 장난삼아 파괴의 신성함에 대해 묻는다. 오크는 파괴자인 창조자가 '궁극적 한계이자 궁극적 부조리'라고 대답한다. 신은 '구체성을 띠지 않으나 구체적 현실성의 근거'가 된다. 신은 그 본성을 알 수 없으나 합리성의 근거가 된다. 신은 인간을 초월하고 선악도 초월해 있는 존재다. 그 존재가 인간을 만들고 선악을 가능하게 한다. 그리고 거기에 아름다움이 있다고 한다. "아름다움은 반대되는 것을 요구한다는 것, 부조화는 강렬하고 새로운 감정을 창조하기 위한 근원이라는 것"을 오크는 강조한다.

우리는 여기에서 흥미로운 통찰을 목도하게 된다. 창조주인 신은 세계의 한계를 넘어서 있으나 그 세계를 창조하고 한계를 설정하는 근거가 된다. 폭력은 합법성을 뛰어넘어 있으나 합법적 영역, 즉 정치의 근거가 된다. 그렌델이라는 타자는 인간의 경계 바깥에 있으나 인간으로 하여금 인간성의 경계를 짓는 조건이 된다. 신성, 정치, 인간성이라는 것이 정초되고 확립되는 밑바탕에는 이렇게 '알 수 없는 것', '바깥에 있는 것' 즉 '타자'가 존재하고 있는 것이다. 하지만 또한 작가는 그 너머를 응시하고 있기도 하다. 이렇게 경계 밖에 있으나 경계를 짓는 근거가 되는 파괴와 폭력, 저항 또한 경계 짓기의 일부가 되지 않는가? 그러한 파괴가 반복되고 일상화되어 그 자체로 경계의 일부가 되어버린다면, 그때 진정으로 가능한 것은 무엇인가? 진정한 파괴인가, 아니면 죽음인가?

다시 말해, 그렌델의 존재론적 저항은 어떻게 끝날 수 있는 것인가? 그러한 부정적 방식의 자기 구원 혹은 자기 치유의 방식은 어떤 방향으로 향할 것인가? 여기에서 '권태'가 나온다. "권태는 가장 쓰라린 고통이다." 그렌델의 파괴 행위는 십이 년 동안 계속되고, 그렌델은 이제 권태를 느끼기 시작하는 것이다. 파괴함으로써 경계를 짓는 자로 '안주하는' 역설적 상황이다. 타자성이 이제 일상화되고 규범이 되어버린 상황인 것이다.

아름다움과 환멸을 동시에 가져다주었던 셰이퍼도 죽는다. 셰이퍼의 마지막을 보며 그렌델은 통쾌해하는 것이 아니라 오히려 애통해한다. 셰이퍼의 노래는 아름다웠고, 그의 남모르는 사랑은 고상했다. 하지만 이제 남은 것은 슬픔뿐이다. 그렌델은 극도의 슬픔과 극도의 권태를 느낀다. 인간의 삶도 그에겐 비통하면서도 권태롭다. "이제 다시 우리는 혼자다. 버림받은 채로."

그런데 갑자기 새로운 인물이 나타난다. 재빠른, 죽은 사람

같은, 나무 같은, 거대한 산 같은, 가라앉은, 마음을 불안하게 하는, 무감각한 눈을 가진, 강하지만 온화한 목소리를 가진, 앳되지만 비꼬는 미소를 짓는, 마법의 힘을 가진, 예이츠족의 베어울프가 등장하는 것이다. 그렌델은 그들이 오기 전에 이미 동굴에서부터 전조를 느낀다. "그것이 온다." '그것'이란 곧 한계의 시간, 죽음의 시간이다.

베어울프는 유일하게 그렌델과 대적할 수 있는 인간이다. 왜냐하면 베어울프 또한 인간의 경계에 있는 자이기 때문이다. 그는 차가우나 부드럽고, 냉정하나 엄청난 힘을 지녔으며, 인간이되 전혀 인간적이지 않다. 그는 그렌델을 통해 자신을 규정하거나 정당화하거나 미화하려 하지 않는다. 그 때문에 그는 그렌델과 대등하게 맞서 싸울 수 있다. 그렌델은 베어울프를 관찰하고는 "저자는 미쳤다."라고 결론 내린다. 이는 광기에 함몰되어 있다는 것이 아니라, 인간적인 정상성을 넘어섰다는 의미일 것이다. 베어울프는 "인간이 아닌 듯한 초연함," "그렇게 온화하고도 차갑고 잔인하게 혀를 놀리는 자", "정신 나간 자의 집요함" 등의 표현으로 묘사된다.

이제 상황은 역전된다. 그렌델은 흐로드가르의 '명예'를 위해 낯선 자를 죽이기로 한다. 흐로드가르가 있어야 자신도 있기 때문이다. "그의 고귀함, 그의 위엄, 그것은 모두 나의 작품이 아니던가?" 그래서 그는 흐로드가르를 마지막까지 파멸시키지는 않고 늘 어느 정도 유지되도록 남겨 두었다. 그런데 어느 순간에 낯선 자가 등장하여 자신과 흐로드가르 왕 모두를 위협하고 있는 것이다. 이 낯선 자가 그렌델을 죽이게 된다면 흐로드가르를 비롯한 덴마크인들은 모욕감을 느낄 것이다. 그러므로 그렌델이 이 자를 죽여 흐로드가르의 명예를 지키고 덴마크 왕국을 유지시켜야 한다. 그것이 경계에 있는 자의 책임이라고 그렌델은 생각한다. 낯선 자의 출현으로 그렌델의 존재가 덴마크인들의 명예에 오히려 중요해지는 상황이 된다. 이러한 역전된 상황은 결국 규범화된 타자성의 한계를 보여 준다. 그렇다면 이제 서사는 어떻게 끝나야 할까? 그렌델의 승리인가, 그렌델의 죽음인가?

그렌델은 "심연", "공포에서 비롯된 경련"을 느끼며, 굶주림, 분노, 두려움, 환희가 뒤섞인 감정으로 베어울프가 있는 흐로드가르 왕의 연회장을 습격한다. 그러나 베어울프는 그의 출현에 전혀 당황하지 않고 "두 눈을 크게 뜨고" 지켜보다가, 기회를 놓치지 않고 그렌델의 한쪽 팔을 낚아챈다. 그리고 그렌델에게 속삭이기 시작한다. "오래전에 잃어버린 형제여." 베어울프는 용이 그랬듯 그렌델의 정신을 꿰뚫어 보고 있다. "그렌델이여, 그렌델이여! 너는 매 순간 속삭임으로 세상을 만드는구나. (……) 벽을 느껴보아라. 단단하지 않느냐? 단단함을 느껴라! 그리고 마음을 다해 시를 써라! 이제 벽에 대해 노래하라! 노래하라!" 뿐만 아니라 역사와 시간이라는 것도, 존재의 한계라는 것도 베어울프는 마치 용이 그러했듯이 통찰하고 있다. "지금 네가 보고 있듯이, (……) 역사는 어두운 악몽이고 시간은 관(棺)이다. (……) 형제여, 그것이 온다. (……) 시간은 정신이고, 무언가를 만드는 손이다. (하프 줄을 퉁기는 손가락, 영웅의 칼, 영웅의 행위, 왕비의 눈동자.)

그것으로 나는 널 죽인다." '그것'은 그렌델의 종말이자, 그렌델이 만든 역사의 종말이다. 그렌델이 만든 연회장, 그렌델이 만든 왕국, 그렌델이 만든 역사가 무너지고 사라지는 순간이다. "그 오랜 창백한 꿈이, 나만의 역사가 사라져간다." 그리고 이제 베어울프를 통해 다시 역사가 시작될 것이다.

한쪽 팔을 뜯긴 채 도망쳐 나와 피를 흘리면서 죽어가는 그렌델은 자신이 "우연히 당했"을 뿐이라고 항변한다. 그리고 죽음의 순간에 "너희들 모두가 그럴 것처럼."이라고 속삭인다. 결말의 속도감은 급작스럽다. 그렌델은 너무나 빨리, 너무나 쉽게 죽어버린다. 작가 또한 그렌델의 죽음만큼이나 급작스럽게 서사를 끝맺고 있다.

결국 작가의 결론은 그렌델의 죽음이다. 그렇다면 이 죽음은 구원의 실패일까, 아니면 궁극적 구원일까? 그렌델에게 저항과 파괴가 구원이 될 수 없다면, 죽음과 종말만이 유일한 구원인 것인가? 작가는 그렌델의 죽음을 통해 저항과 파괴는 궁극적 구원이 될 수 없다는 윤리적 메시지를 전달하려고 하는 것이라고 결론 내리는 사람도 있을 것이다. 그러나 이러한 구원의 불가능성은 단순히 경계를 걷는 자인 그렌델에게만 해당되는 것은 아니다. 원작 『베어울프』에서 주인공 베어울프 또한 용을 죽인 후 자신도 죽음을 맞는다. 이처럼 그렌델이나 베어울프나 모두 마찬가지다. 경계에 있는 존재에게 구원은 불가능하다.

그렇다면 이 지점에서 우리는 질문해야 할 것이다. 이러한 구원의 불가능성 혹은 구원에의 실패를 '아름답게' 보여 주는 시(詩) 혹은 문학, 예술에 대하여. 작가는 그렌델의 죽음을 보여 주면서 모종의 윤리적 메시지를 전달하고 있다고 할 수 있을지 모르나, 그가 그리는 아름다운 언어는 그렌델을 기억하게 한다. 그리고 그의 실패를 실패로서 보여 준다. '구원의 불가능성을 아름답게 보여 주는' 역설은 곧 시적 구원에의 암시라 할 수 있지 않을까. 시 혹은 예술 또한 마찬가지로 경계에 있기 때문이다. "'시인'에게는 단 하나의 세계도 존재하지 않는다고 말해야 할지도 모른다. 왜냐하면 그에게는 단지 외곽만이, 영원한 외곽의 번득임만이 존재하기 때문이다."(모리스 블랑쇼) 영원히 경계에서 스스로 추방되어 경계 바깥을 걸으며, '외곽의 번득임'과 환멸과 실패와 불가능성을 아름답게 노래하는 자, 그렇게 추방됨으로써 구원받는 자, 그는 곧 시인이자 예술가인 것이다.

여기까지는 역자이기에 앞서 이 작품을 읽고 누구보다 강렬하게 매혹되었던 한 사람의 독자로서 풀어낸 분석이다. 이 작품은 다른 해석의 가능성들, 다른 매혹의 요소들을 무수히 품고 있는, 깊이 있고 아름다운 작품이다. 내가 옮긴 언어가 그 깊이에 값하고 있는지 걱정스럽기만 하다. 마지막으로 내게 이 귀한 작품의 번역을 제안했던 이소연 씨께 고마움을 전하며, 애정을 가지고 함께 읽고 고민하고 수정해 준 펭귄클래식 코리아의 정하영 씨께도 감사를 표한다.

김전유경

옮긴이 주

1) 쉴드 셰빙(Scyld Scefing)은 덴마크의 초대 국왕이며, 헤오로가르(Heorogar)와 흐로드가르(Hrothgar)는 그의 증손자들이다.
2) 베어울프를 암시한다.
3) 스칸디나비아 반도의 남부와 남동부 지역으로, 12세기에 덴마크로 편입되었으며 1658년에 스웨덴으로 양도되었다.
4) torus, 평면 위 하나의 원을 이 원과 교차하지 않는 직선을 축으로 회전시켰을 때 만들어지는 튜브 혹은 도넛 모양의 곡면을 말한다.
5) 'Cut A'는 왕비를 '토러스'라고 묘사하는 부분에서 등장하는 표현이므로 토러스의 '절단면 A'로 볼 수 있다. 그러나 영화적 기법으로 보고 '커트 A'로 해석하는 사람도 있다.
6) 흐로둘프(Hrothulf)는 흐로드가르의 남동생인 할가의 아들로, 흐로드가르 왕이 죽은 후 그의 아들들을 축출하고 왕위를 찬탈하려 했던 인물이다.
7) 이 구절의 원문은 'quiet as the moon, sweet scorpion'인데, 세 사람의 관계로 미루어 보아 저자는 전갈자리 신화의 여러 설 중 하나를 차용한 것으로 보인다. 달의 여신인 아르테미스와 사냥꾼 오리온이 사랑에 빠지자 그녀의 쌍둥이 오빠 아폴론이 이를 탐탁치 않게 여겨 아르테미스의 화살에 오리온이 죽도록 계략을 꾸몄다. 자신의 손으로 사랑하는 연인을 죽여야 했던 아르테미스의 슬픔을 위로하기 위해 제우스 신이 오리온을 하늘의 별자리로 만들어주었는데, 아폴론 또한 전갈을 별자리로 만들어 오리온을 쫓으며 감시하게 했다고 한다. 그러므로 흐로드가르와 웨알데오우 그리고 흐로돌프를 각각 오리온, 아르테미스, 전갈로 생각해 볼 수도 있겠다. 또한 '각자 욕망을 지니고 있되, 그 욕망의 방향이 다르며, 그것을 드러낼 수 없는' 상황에 대한 좀 더 폭넓은 은유로 추측할 수도 있다.

8) 'Her-Kapf'는 의미 없이 덧붙은 말로, 혹자는 저자 존 가드너가 실제로 거짓말을 할 때 냈던 소리라고 한다. 이런 맥락에서 보면, 그렌델이 자신의 생각을 과장하고 있음을 스스로 의식하고 있는 것을 보여 주고 있다고 할 수 있겠다.
9) 덴마크 왕 호크의 딸이자, 호크의 후계자인 흐네프의 여동생. 덴마크와 주트족 사이의 분쟁을 해결하기 위해 주트족 왕인 퓐과 혼인하였다.
10) 덴마크 왕 호크의 아들로, 주트족과의 전투에서 전사한다.
11) 흐네프 왕이 전사한 후 나중에 퓐에게 복수를 하는 덴마크 장수.
12) 베어울프를 가리킨다.
13) 구약성서의 신명기 5장 9절, '나 여호와 너의 하느님은 질투하는 하느님인 즉.'의 인유(引喩)이다.
14) 구약성서의 시편 23편에 나오는 '여호와는 나의 목자시니 내게 부족함이 없으리로다.'의 인유이다.